Dedicato ai miei figli.

"Come un gabbiano
volo alto sulle acque del mare.
Attendo di planare sulla riva
per scoprire il mio nido.

Si è formata la brina sulle mie ali
e nel mio becco c'è sabbia.
Quanto dovrò volare ancora
prima di giungere casa e dissetarmi."
(Sarah)

Il sogno ricorrente

Sognavo di passeggiare lungo una distesa di sabbia bianca, e il mare … era bellissimo! Camminavo con i piedi scalzi che affondavano nella fine sabbia. Indossavo una veste bianca che mi si stringeva al corpo agitata dal vento. I rivoli marini mi bagnavano i piedi mentre il vento mi scompigliava i lunghi capelli neri. Da lontano vedevo un uomo giungere a cavallo bianco. Alla mia vista scendeva e teneva con le mani le briglie. Era come se lo conoscessi da sempre. Scherzavamo, ridevamo insieme e ad un tratto ci mettevamo a rincorrerci fino a sfinire dalla fatica. Cadevamo stanchi sulla sabbia unendoci con un bacio.

Sarah – Il senso dell'abbandono -

Chi sono io?

Dolce è restar ferma
 mentre mille pensieri attraversano la mente
e gli occhi non trovano pace.
Si muovono immagini al suono di un battito
confuso nel tremore di un'emozione.
Incantata, volo tra le scene della mia vita.
Sono protagonista di un film con titoli di coda ancora da scrivere.
Indugio in me stessa.
Scuoto parole per ritrovar significati.
Rivisito quell'otre dove ho conservato tutto.
Splende l'anima al ritrovar l'antico fiore secco
 finito tra le pagine del diario interrotto.
Mentre il pensare fugge, rivedo quella lucertola mai catturata,
quella farfalla che, instancabile, rincorrevo.
Rivedo quei soldatini sperduti nella mia stanza
e quel pony rosso protagonista delle mie fantasie:
erano i miei attori di un divertimento senza fine.
Delizioso, risento quel bruciore alle ginocchia sbucciate.
Volevo vedere il mondo dal basso.
No, non ero una gigante.
Ero un cuoricino che amava scendere tra i piccoli del mondo.
Cercavo il senso di quei pochi anni.
Non sapevo che sarei diventata una testarda romantica.

Premessa

Il trauma generato dall'abbandono

Con il termine *trauma* si vuole intendere una ferita grave con effetti permanenti. È necessario che si capisca come nella mente di una bambina adottata, il fatto dell'abbandono continui a rivestire fondamentale importanza nell'essere persona. Non importa se le ragioni che hanno provocato l'allontanamento dai genitori naturali possano essere state giustificate o no. Resta il fatto che la bambina di allora, la cui personalità si stava formando, abbia sentito la necessità di una completezza di riferimenti, di conoscenze, delle vicende della sua origine particolare.

E questo perché l'immagine mentale della propria origine costituisce un elemento fondante del senso di identità.

Il sentir propri i genitori naturali è un problema che ha a che fare con la possibilità di riconoscersi come appartenenti a qualcosa, qualcuno da cui si ha avuto origine. Il senso della propria origine, quindi, insieme all'ambiente che ci ha allevato e che continua a circondarci con le sue relazioni e i suoi affetti, è essenziale per la completezza della propria identità.

Se non si conosce, o non si può conoscere la propria radice, si è come un tronco tagliato, un panorama desolato. Così come inconsapevolmente Sarah fa emergere dalle sue opere pittoriche giovanili.

Sarah – Il senso dell'abbandono -

Il ponte sul fiume in piena separa due sponde abitate, desolate

Paesaggio verde solitario

Una rosa bianca tra le rosse

Una rosa sola nel buio dell'abbandono

La rosa senza i suoi colori naturali

Solitudine

L'abbandono è una ferita così terrificante (come si rileva dalla poesia sopra citata e dal sogno di Sarah) che non guarisce mai, al più si nasconde dietro una falsa pelle ricostruita.

L'abbandono, per il trauma che determina, è suscettibile di provocare, anche a distanza di molto tempo, reazioni spesso incomprensibili, che però, se approfondite con indagini psicologiche, si rivelano tuttora collegabili al trauma originario. Il trauma produce un evento non traducibile in parole. Ossia, chi lo ha subito non è in grado di raccontarlo.

Il trauma è un evento nella vita del soggetto caratterizzato dalla sua intensità, dall'incapacità del soggetto a rispondervi adeguatamente, dagli effetti patogeni durevoli che esso provoca nell'organizzazione psichica.
Si può dire, ricorrendo anche a teorie non strettamente psicoanalitiche, che un evento traumatico determini una situazione psichica che non permette l'elaborazione, cioè la capacità di creare collegamenti nella mente tali da rendere l'evento parte armonica dell'apparato psichico. In altre parole, il trauma provoca comportamenti anomali non comprensibili in uno sviluppo normale; si vivono eventi che non diventano storia, ossia non sono traducibili in parole.
La bambina adottata non è in grado di dare un senso ai frammenti di ricordi che emergono, non può neppure ricordarli da un punto di vista cognitivo, eccetto per le frammentate percezioni visive che non possono essere integrate affettivamente nella sua personalità.

Un altro pensiero importante per il discorso sull'adozione è quello per cui le origini sono disconosciute dall'ambiente accogliente.
Questa circostanza si dovrebbe evitare nell'adozione poiché, oltre all'abbandono iniziale sempre traumatico, viene negato il passato, l'origine diversa dell'adottato.

Nascondendo alla consapevolezza le proprie origini, sarebbe come dichiarare in ogni momento la nascita e il cambiamento del nome.

Il trauma può rimanere nascosto nella psiche per anni per esplodere poi in modo difficilmente controllabile. Risulta quindi evidente come alla base dei problemi dell'adozione, ci siano risvolti con caratteristiche traumatiche. Il tema dell'abbandono riemerge in modo ricorrente e spesso, manifestandosi in situazioni di vita corrente. Capita pertanto di trovarsi a rivivere la stessa esperienza, ossia di essere di nuovo abbandonati.

Il cambiamento fondamentale di ogni individuo può essere espresso nella domanda: "Chi sono io?" – "Chi sono io come persona separata anche dai miei genitori naturali o adottivi che essi siano?".
Il processo di individuazione è accompagnato da un profondo cambiamento della stessa struttura del corpo, dall'insorgere massiccio dei propri impulsi, anche sessuali. Una vera e profonda rivoluzione, che è già complessa in qualsiasi adolescente, anche quando questi conviva con i propri genitori naturali, ma che per l'adottato si complica enormemente dopo un abbandono.

Sarah ha dovuto fare i conti con una doppia immagine genitoriale: quella reale, costituita dai genitori adottivi, e quella fantasmatica, costituita dai genitori naturali. Quando compì sei anni circa, rivolgendosi alla mamma adottiva, disse: "Tu non sei la mia mamma vera."
La reazione della mamma fu di impaccio. Lei volendo nascondere il disappunto, rispose: "Sicuro che sono la tua mamma! Io sono quella che ti vuole bene, ti dà da mangiare, ti compra i vestiti, ti fa giocare ... che sta sempre con te!" - "Sì – rispose la bambina – ma non sei quella che mi ha fatto nascere!" La mamma replicò: "È vero, capisco che vorresti sapere come è fatta la mamma vera.

Ma se tu la vedessi, cosa le chiederesti?" E subito la bambina precisò: "Le chiederei perché mi ha abbandonato."

La mamma di Sarah rispose alla figlia focalizzando il punto centrale della domanda e, quindi, quello della sofferenza. A quella domanda era difficilissimo dare una risposta soddisfacente. D'altra parte, anche se fosse stata storicamente esatta, non sarebbe stata sufficiente a soddisfare il bisogno interiore della bimba; non avrebbe avuto la forza di preservarla dalle eventuali difficoltà che si manifestano in comportamenti anomali, legati al desiderio di conoscere le proprie origini.

I comportamenti si mostrano anomali perché sembrano volti a provocare nuovamente la stessa antica esperienza di essere rifiutati ed espulsi dalla nuova famiglia in cui la bambina si trova. Tali comportamenti messi in atto potrebbero essere tali da condurre alla crisi se non addirittura alla rottura dei rapporti affettivi con i genitori adottivi.

Le manifestazioni di rottura sono di vario genere: vanno dalle diffusissime difficoltà scolastiche fino a un aumento dell'aggressività contro i genitori. In alcuni casi si arriva al compimento di atti potenzialmente, se non apertamente, antisociali. Spesso, ad esempio, sono furti compiuti a danno dei genitori stessi, ma non solo.

Questo risvolto comportamentale anomalo è molto frequente, ed è capace di creare grandi turbamenti in famiglia, gravi rifiuti se i genitori non vengono aiutati a comprendere il significato di atti apparentemente incomprensibili, ma che nascondono, invece, da richieste affettive importanti. Sono questi i momenti in cui si riattiva il tema dell'abbandono agito e non pensato.

L'abbandono è una ferita incancellabile perché riguarda un sentimento profondo che coinvolge l'immagine di sé.

L'abbandono, inconsapevolmente, è sentito come prova di un rifiuto subìto perché non si è una persona degna di amore e quindi, di appartenere a quella famiglia, a quei genitori. Come se la bambina pensasse: "Non posso essere stata abbandonata se non per la ragione che nessuno, i miei genitori naturali per primi, pensava che valesse la pena occuparsi di me".

In molti casi, il rifiuto riguarda l'adottato stesso; manifesta una infelicità interiore sempre presente e un sentimento di inutilità della propria persona prima nella famiglia e poi nella società.

Nelle sue memorie scritte, Sarah così si raccontava: "Vivere come vivo io è inferno sulla terra. Mi chiedo spesso se adottare una bambina è un pacco da ricevere, aprirlo, usarne il contenuto o è un essere umano da amare, da fornirgli le cure necessarie affinché non manchi nulla sia materialmente sia culturalmente?

Sono rimasta sola appena nata e ho una donna in casa che chiamo mamma che non mi ama e non mi ha mai amato come avrei voluto, se non a modo suo. Se muoio, a chi procuro dolore? Io credo a nessuno! Chi mi piangerà? Chi si prenderà la briga di portarmi un fiore o solo per guardare la mia tomba? Quando sarà che il cielo mi vorrà non farò scena né rumore."

La mamma adottiva dovrebbe quanto prima parlare alla bambina e chiederle cosa pensa in merito. Nel caso di Sarah, non c'è stato tempo e spazio per avviare questo tipo di colloquio.

Parlare può essere interdetto non apertamente, ma inconsapevolmente, dal messaggio implicito trasmesso dai genitori adottivi: "Se mi fai queste domande significa che non mi vuoi bene!" oppure "Non dirmi così … mi fai piangere!" oppure "Non dire sciocchezze!"

Sarebbe stato auspicabile che ci fosse stato un dialogo continuo tra figlia e genitori, che fosse diventata consuetudine duratura, accompagnando l'avvio e lo sviluppo del rapporto adottivo e permettendo così un migliore assorbimento del trauma dell'abbandono, capace di evitare, o quantomeno di attenuare, le crisi adolescenziali.

La scelta di cercare di risolvere i problemi dei figli adottivi attraverso i genitori e, semmai solo più tardi se appare indispensabile coinvolgere i figli, nasce dalla profonda convinzione che sia affidabile la competenza dei genitori. Attraverso loro si può favorire prima la costruzione e poi il consolidamento di legami mentali affettivi che permettano il superamento delle inevitabili crisi. È sempre, infatti, la famiglia nel suo complesso il soggetto attivo delle crisi.

L'adozione è, prima di tutto, un istituto giuridico che ha come scopo di dare una famiglia a un minore che non l'ha e, anche di dare figli a coppie altrimenti sterili. Sono poche le volte in cui le coppie che hanno già figli naturali chiedono di adottare. Dal punto di vista psicologico è invece un modo particolare di creazione di legami affettivi-mentali di tipo familiare, genitori e figli, con le proprie caratteristiche peculiari. Infatti, l'atteggiamento mentale e affettivo dei genitori nei confronti di un figlio adottivo è necessariamente differente rispetto a quello verso un figlio naturale.
Differente, e non potrebbe essere diversamente, perché il figlio adottivo viene da fuori, non è generato nella famiglia, è a tutti gli effetti, uno straniero. Ovviamente, per straniero non si intende indicare la bambina nata in altro paese dall'Italia, ma lo straniero che, venendo da fuori potrebbe anche provenire dalla porta accanto.
La famiglia è una unità particolare, con caratteristiche proprie; ogni famiglia è diversa dalle altre, come tale può generare al suo interno reazioni di rigetto del tutto simili a quelle che si determinano in un organismo che subisca un trapianto d'organo.

È possibile che alcune adozioni falliscano, ossia che la bambina, o più spesso l'adolescente, venga restituito. Dire che una bambina viene restituita è un'espressione molto cruda, come si parlasse di un oggetto e non di un essere umano, oltre che inesatta. Infatti a chi viene restituita? Non alla famiglia di origine, essendo ormai un figlio a tutti gli effetti della famiglia adottiva. Quindi finisce per aumentare una popolazione di adolescenti disadattati che abitano le comunità. E poi cosa succede? Può diventare un grande problema sociale.

Il dubbio che si solleva, quindi, è il seguente: sarà possibile evitare che si determinino all'interno della famiglia quegli anticorpi che portano al rigetto?

Il pensiero si deve rivolgere agli elementi costitutivi di una famiglia. Una famiglia può dirsi costituita attraverso la costruzione di legami mentali affettivi tra coloro che la compongono.
Il rilievo per cui si ritenga diverso l'atteggiamento dei genitori nei confronti dei figli adottivi non significa che i legami che si creano tra genitori e figli non siano legami altrettanto importanti e forti di quelli coi genitori naturali, ma soltanto che sono diversi nella loro origine.

Uno dei primi segnali che rivelano un disagio nei ragazzi adottivi sono le difficoltà scolastiche quasi ubiquitarie. Sono spesso causa di scontri e conflitti coi genitori. La generalità del problema fa pensare che si tratti di carenza di qualcosa che non riguarda la sfera intellettuale, anche se ha ripercussioni sulle capacità cognitive dei ragazzi. Se non fosse così come si spiegherebbero tanti fallimenti? O forse, sarebbe meglio parlare anziché di "fallimenti", di "insuccessi".

Probabilmente deve esserci un'inibizione alla conoscenza, ma determinata da cosa e a conoscere che cosa?
Molti di questi ragazzi non imparano la storia o rifiutano di farlo.

Il collegamento più logico che appare più scontato è quello con la storia personale dell'adottato. Le difficoltà legate all'impossibilità di conoscere la storia delle proprie origini condiziona la predisposizione mentale a imparare la storia.

Esistono testimonianze di genitori di bambini messi in grave difficoltà dalla richiesta dell'insegnante che, per iniziare l'insegnamento della storia, invitava i bambini a fare un breve resoconto delle loro origini o, in alternativa, a fare un ritratto della mamma.
In entrambi i casi, con grande stupore e disappunto dei genitori, i ragazzini non avevano scritto né disegnato nulla, oppure i disegni erano costituiti da personaggi senza volto.

Un'immagine senza volto che deve essere comunque integrata con quella dei genitori adottivi, ma che comporta un difficile processo di lutto per la perdita subita.
Per comprendere questi processi è necessario mettersi in contatto con qualcosa di profondo che è nel mondo interno dei ragazzi adottivi come un residuo di elementi di esperienze appartenenti ai primi periodi della loro vita che, nel rapporto con i genitori adottivi, può a poco a poco venire alla consapevolezza, assumere una forma e poi un significato.

A questo proposito si può ipotizzare che nell'inconscio dei ragazzi adottivi sia depositato un qualcosa che appartiene alle loro prime esperienze sensoriali e che può riemergere in determinate circostanze.

Si tratta di immagini presenti nei depositi sensoriali dell'inconscio. Oppure un richiamo sonoro che si costituito già nel feto all'ascolto della voce materna.

Queste esperienze possono essere conservate delle memorie nel primo costituirsi del sé del bambino.

La neuropsicologa ha di fatto dimostrato che nel nostro cervello operano due sistemi di memoria a lungo termine: "la esplicita o dichiarativa e la implicita o non dichiarativa." La prima è cosciente e si riferisce a episodi significativi della nostra vita, la seconda invece a esperienze non coscienti e non verbalizzabili che hanno a che fare con le prime esperienze sensoriali riconducibili alla dimensione affettivo-emozionale relativa alle prime esperienze del bambino con la madre e con l'ambiente in cui si nasce.

La convinzione ragionevole che si forma è considerare quei depositi mentali dimenticati, giacenti nell'inconscio non rimosso, venendo alla luce nella mente dei ragazzi adottivi possono determinare, se non raccolti e ascoltati, la mancata elaborazione di un trauma non cosciente, ma che agisce in profondità e determina i comportamenti che abbiamo chiamato anomali.

Come è già stato detto, tutti i ragazzi adottivi hanno subito traumi nei primi tempi della loro vita, che sono alla base e la causa dell'abbandono, alcuni con maggiori altri con minori conseguenze a seconda degli avvenimenti che li hanno condotti ad essere abbandonati.

Tutti conosciamo la terribile piaga dei bambini "di strada", ossia trovati abbandonati per strada. Anche questi bambini finiscono per essere adottati.

Il bambino e poi l'adolescente adottivo, come già sottolineato, deve costruire il proprio sé, il proprio senso di identità, i propri oggetti interni, con un lavoro più complesso di quello di un figlio naturale. Infatti si trova prima di ogni altra cosa nella necessità di dare un volto ai propri oggetti fondamentali, i genitori e, per farlo, deve riuscire a integrare nel sé le rappresentazioni delle immagini dei genitori adottivi combinate con quelle, sia pure solo fantasmatiche, dei genitori naturali.

Va sottolineata l'importanza per gli adottati di riconoscersi come appartenenti a qualcosa, qualcuno da cui si ha avuto, appunto, origine. D'altra parte, dato che il processo di creazione di legami mentali affettivi, proprio perché in un legame sono coinvolti due poli, non può essere compiuto solo dal bambino prima e dall'adolescente poi, è necessario che i genitori adottivi partecipino alla costruzione di un mondo interno che deve, come è in ogni rapporto genitori-figli, appartenere a tutti i partecipanti della nuova famiglia.

Se non c'è dentro i genitori adottivi la convinzione della presenza anche degli altri genitori naturali non si può affrontare la vita coi figli adottati poiché questa relazione è necessaria per la costituzione delle rappresentazioni mentali madre-padre/figlio.
È necessario operare in modo che si costruisca nel bambino che poi diventa un adolescente, un mondo interno integrato che partecipi di quello dei genitori e viceversa.

Capitolo 1

Viaggio verso casa

Seduta in un treno che la sballottava continuamente, Anna era immersa nei suoi pensieri. Il mondo attorno non esisteva. La carrozza in cui viaggiava era quasi vuota e questo accentuava il senso di isolamento. D'altronde, erano pochi i viaggiatori che in pieno agosto avrebbero potuto affollare quel tratto di ferrovia. Anna era diretta a Mortara, un piccolo centro del pavese; andava a trovare i suoi genitori, ormai anziani. Da ragazzina, era un'abitudine cercare il loro conforto quando qualcosa non girava bene. Chissà quanti pianti in cerca di consolazione sono finiti sul petto di mamma Nunzia. Anche il padre Leonardo, apparentemente burbero, non nascondeva la tenerezza per la sua unica figlia. Anna era una bellissima donna, i suoi occhi blu erano zaffiri incastonati su viso adornato da lunghi capelli neri. La sua chiarissima pelle era un intimo vestito di seta. Nonostante una statura non eccezionale, tutto il suo corpo era ben proporzionato, come una delicata bomboniera.

Non è difficile intuire il motivo per cui un ricco e blasonato signore milanese l'abbia presa in moglie senza troppe esitazioni. Anna era una docile e ubbidiente fanciulla di 19 anni quando le arrivò l'importante proposta di matrimonio. Papà Leonardo era consapevole che un'unione del genere non poteva che riservare un futuro pieno di agiatezze alla sua bambina. Non gli importava se poi la scintilla dell'amore non fosse scoccata subito. A quei tempi, l'amore era qualcosa racchiuso nei rotocalchi dei saloni letterati dell'alta società, poco presente nella vita dura di tutti i giorni, riservata alla gente comune. Leonardo voleva il bene assoluto della figlia e delle possibili nozze, ne aveva discusso a lungo con sua moglie. Da umile lavoratore, non aveva lesinato sforzi per allevare sua figlia e offrire alla famiglia un dignitoso stato sociale. In paese era conosciutissimo, poiché, prima di accettare il posto di custode nella biblioteca comunale, era stato maestro per vent'anni nella scuola elementare del piccolo paese. Una malattia gli aveva ridotto la capacità di muoversi e chinarsi. Il passaggio ad altra funzione non fu indolore, specialmente perché avrebbe dovuto rinunciare per sempre al contatto con i bambini, per lui fonte di grandi gratificazioni morali. Leonardo era allora un attivo pensionato che, nonostante tutto, continuava a frequentare la biblioteca comunale, fornendo ancora il suo contributo di esperienza al giovane impiegato che lo aveva sostituito. Spendeva molto tempo nel suo ex-luogo di lavoro a causa del suo hobby; amava ricostruire modelli degli antichi vascelli spagnoli per i quali ricercava preziose informazioni negli archivi bibliotecari.

Quando il matrimonio fu deciso, mamma Nunzia rivelò le intenzioni del padre alla figlia; cercò di parlarle a cuore aperto per trarre dal suo animo tutte le perplessità e scoprire l'eventuale sofferenza per il consenso che doveva dare. Anna, fino a quel momento aveva sempre vissuto in reverente ossequio ai suoi genitori e non le fu difficile acconsentire al progetto preparato per lei. Dopotutto, come si poteva negare la piacente bella e possente presenza di Ubaldo Frizzani la cui gentilezza dei modi era evidente. Nulla si poteva rimproverare al suo imminente marito, tranne che era tristemente formale e molto preso dal suo lavoro. Contrariamente Anna era di animo romantico, formatosi dalle lunghe e solitarie letture indotte dalla ricca biblioteca comunale di cui il padre era responsabile. Da bambina amava trascorrere del tempo con il padre mentre svolgeva i suoi compiti scolatici.

La celebrazione del matrimonio con i relativi festeggiamenti fu un evento di paese. Erano soltanto in pochi a non conoscere la famiglia Frizzani. Centinaia di invitati, cibo ricercato e musica allegra resero quel giorno memorabile. Tutto procedette secondo quanto pianificato molti giorni prima dalle famiglie. Durante il ricevimento, Il contrasto tra il carattere riservato della sposa e la necessità di apparire sempre sorridente e dolce con tutti, era visibile a chi la conosceva bene. Sebbene si trattasse di momenti felici, Anna, in cuor suo, desiderò che tutto finisse presto. Essere al centro delle attenzioni non era suo desiderio. Infine, come in ogni vicenda umana, il tramonto e la notte giunsero per chiudere nei ricordi un'importante tappa della vita e dare inizio a un nuovo corso.

Nel periodo che seguì, Anna visse in serenità, chiusa in una casa lussuosa con poche possibilità di contatto con l'esterno. Le lunghe ore in cui il marito la lasciava sola, le permettevano di dedicarsi alla pittura per la quale mostrava una buona predisposizione e un insospettabile talento. Passarono in fretta quattro anni. Benché lei avesse voluto avere subito dei bambini, la natura le fu ostile. L'inutile attesa per l'arrivo in famiglia della prima grande gioia portò un po' di grigiore. Ubaldo non mancò di rivolgersi ai medici per accertare l'assenza di qualunque problema di fertilità nella coppia. Tutto si mostrò normale, ma nonostante ciò, la buona notizia tardava a giungere.

Come immagini incise su una vecchia pellicola che lentamente scorre, così queste antiche e dolorose scene si ricostruivano nella mente. Anna stava viaggiando verso la casa paterna. Portava con sé un ingombrante segreto. Il rumore delle rotaie sembrava che la volesse distogliere da quella preparazione psicologica necessaria per potersi confidare con sua madre. Cercava le parole giuste per iniziare la sua confessione; non voleva ferire più del necessario la profonda morale cristiana dei genitori. Nella sua mente i pensieri non trovavano pace. Troppe domande pretendevano risposte certe. Tempeste di dubbi agitavano la scena di un futuro difficile da prevedere. Guardando attraverso il finestrino del treno, fissava il vuoto. Gli ameni paesaggi che scorrevano davanti ai suoi occhi erano fotogrammi senza colori. Anna era smarrita, braccata dal peso della responsabilità di moglie nei confronti di uno degli uomini più in vista del territorio e capo di un'importante azienda. Si chiedeva come avrebbe potuto giustificare il suo comportamento; come avrebbe reagito il marito quando avrebbe saputo tutto; che cosa sarebbe successo dopo. In che modo la sua vita sarebbe cambiata per sempre; quante umiliazioni avrebbe dovuto sopportare. La sua anima doveva reggere anche il dolore che avrebbe dato ai suoi genitori. Sicuramente avrebbero considerato infamante il comportamento della loro figlia.

Questo turbinio di pensieri e sentimenti accompagnava la fragile Anna nel viaggio verso la casa natia. Riversa su sé stessa e con il viso tra le mani, tentava una cancellazione dei pensieri impossibile.

Capitolo 2

La compagnia di Atid

Atid, un bel giovanotto di ventotto anni, con un corpo statuario, generoso quanto dolce e pieno di attenzione verso i più deboli, era di casa nella tenuta aziendale di Ubaldo. Si occupava di tutto, dai servizi più semplici, come fare compere, fino ad accompagnare i signori nei loro spostamenti. Atid era il braccio servile di Ubaldo, lo comandava in tutte le attività di cui lui direttamente non voleva occuparsi. Quando era fuori città, incaricava il giovane di badare anche alle necessità della moglie durante la sua assenza.

Atid era di origine thailandese, arrivò in Italia con la sua famiglia in cerca di una definitiva sistemazione. Purtroppo, nei primi anni di soggiorno, un grave quanto sfortunato incidente stradale tolse la vita ai suoi genitori. Quell'orfano di allora era diventato parte integrante della famiglia di Ubaldo.

Arrivò il giorno in cui, per motivi di lavoro legati all'azienda che dirigeva, Ubaldo dovette partire per un lungo viaggio in America e mancò per oltre un mese. Atid fu chiamato ad assistere Anna anche nelle più semplici faccende di casa o ad accompagnarla nelle commissioni fuori porta. Il suo comportamento era irreprensibile; ligio e puntuale nell'assolvere i propri compiti, mostrava grande correttezza e attaccamento alla sua padrona.

Anna era consapevole della bellezza del suo servitore e si sforzava di mantenere una sorta d'indifferenza nel momento in cui i due corpi si avvicinavano troppo. La donna era poco più grande del giovane e questo particolare non è secondario quando l'attrazione fisica comincia a farsi sentire. Ad Atid piaceva immensamente Anna e le conseguenti manifestazioni erano completamente represse dal rispetto per la famiglia e dalla sana educazione. Nei momenti imbarazzanti Atid sorrideva, ma non sempre il suo sorriso era interpretabile nella logica della cultura occidentale. Nella tradizione del suo paese, il sorriso poteva significare molte cose, ognuna di queste associate a emozioni diverse e non tutte di gioia. Aveva perfino un sorriso usato per non sorridere: lo chiamava *"yim mai awk"*, ovvero *"sto cercando di sorridere ma non ci riesco"*.

Tutti i lavoranti in azienda conoscevano e apprezzavano Atid. Si faceva notare attraverso il suo modo lento di operare; sempre calmo e tranquillo, cercava di interagire con il prossimo in modo piacevole e gentile. Anche in caso di conflitto, rimaneva freddo e ragionevole, cercando il compromesso. Dimostrava tolleranza e rispetto per le idee e i comportamenti altrui e ancor più, una buona predisposizione alla cooperazione.

La casa dove viveva Anna era un edificio presente nel comprensorio aziendale che dominava un'intera valle coperta da vigneti. Staccato dai blocchi lavorativi, l'area privata accoglieva l'intera famiglia di Ubaldo: i due genitori Rita e Sandro, la zia Giulia rimasta nubile e i due fratelli, di cui Antonio, sposato con una bambina piccola e Andrea che aveva appena finito gli studi universitari. Sebbene il complesso residenziale fosse abbastanza grande, qualunque evento che accadesse, non passava inosservato. Nei giorni lavorativi l'area si ravvivava con movimenti di automezzi e persone che si spostavano da un punto all'altro del comprensorio. Soltanto di domenica il lavoro d'azienda si fermava e nel comprensorio scendeva un silenzio assoluto. In quei momenti di massimo riposo, Anna amava passeggiare lungo i viottoli dei vigneti trafitti dagli ultimi raggi del sole ponente. Era solita scegliersi un posto dove sedere e abbandonarsi a mille pensieri. La compagnia di Atid le dava opportunità di far domande su quei lontani luoghi dell'Asia orientale. Avrebbe voluto viaggiare e conoscere ogni parte del mondo, ma il lavoro in azienda del marito relegava quest'aspirazione al semplice desiderio da realizzare in un futuro non definito. Chiedeva ad Atid di descrivere la Tailandia, di parlare dei suoi abitanti e delle sue tradizioni. In quell'atmosfera,

Anna e Atid rimanevano per ore a parlare e soltanto alle prime ombre serali, s'incamminavano verso casa.

La continua presenza di Atid fu il motivo per cui Anna iniziò a legarsi confidenzialmente con il suo aiutante. Nel periodo in cui Ubaldo era assente da casa, le passeggiate diventarono frequenti e molte volte la compagnia si protraeva fino nelle stanze della sua padrona. Il ragazzo cominciò a rendersi conto di non sentirsi più un semplice servitore, e questo pensiero gli metteva paura. Ancor più perché provava un'inconfessabile attrazione fisica per la padrona.

In un normale pomeriggio d'autunno, quando l'atmosfera intorno si adagia nel silenzio e la giornata lentamente si avvia a chiudersi per confondersi tra mille altre assolutamente uguali. Anna voleva dipingere qualcosa di speciale. Chiamò nella sua stanza Atid e domandò: "Atid, oggi vorrei disegnare la figura di un uomo, ti piacerebbe posare per me?".

Il ragazzo, sorpreso da questa insolita richiesta, con un po' d'imbarazzo, rispose: "Certamente, Signora. Mi dica che cosa devo fare."

"Semplicemente, sederti davanti a me e mostrarti naturale; essere te stesso!"

"Ci proverò." Disse Atid, cercando di assumere una posa adatta alla circostanza. Quel giorno il giovane indossava una maglietta bianca che scendeva larga sul suo torace tornito. Senza dubbio era un bell'uomo, ideale come modello.

Iniziando a graffiare con la matita un foglio bianco, Anna gli pose una seconda domanda che lo lasciò ancor più perplesso: "Se tu fossi innamorato, in che modo ti comporteresti?".

Dopo una piccola pausa, Atid rispose: "Se mi trovassi in quella situazione, sinceramente, non ci rifletterei molto, mi affiderei alla spontaneità del mio essere … ragionandoci sopra, però, penso che in quei casi si dovrebbe puntare lo sguardo sugli occhi della persona di cui si è innamorati e cercare di trasmettere il proprio sentimento e poi, se ricambiati, si è liberi di abbandonarsi al desiderio del bacio come primo passo verso ... " si fermò per qualche attimo temendo di essersi esposto troppo.

"Continua, esprimi il pensiero con la tua solita sincerità." Anna lo incoraggiò a proseguire.

"Beh, qualunque coppia di innamorati sente quell'attrazione fisica che li avvicina." Questo era un modo di Atid per dichiararsi ancora rispettoso del suo ruolo e per non far trapelare chiaramente ciò che aveva dentro di sé, nascosto da molto tempo e che non aveva mai osato ammettere neanche a sé stesso. Anna, giocando sull'imbarazzo del giovane, riprese: "Vorresti dire che due innamorati prima poi fanno l'amore?"

"Non avviene così meccanicamente come potrebbe significare. Serve del tempo prima che tra i due innamorati si instauri quella complicità che, rafforzata dal corteggiamento, permette poi di stabilire la giusta intimità. Soltanto allora, sorge il desiderio di donare i propri corpi." Spiegò, Atid.

Mentre l'immagine del giovane prendeva forma sulla carta, Anna continuò a domandare: "Dimmi, Atid, come si incontrano e si innamorano in Tailandia?"

"Per la mia breve esperienza e per quanto mi è stato raccontato da mio padre, nel mio paese l'innamorato non si conosce andando in giro per il paese o partecipando alle feste tra amici. In Tailandia c'è molta attenzione alla costruzione del rapporto intimo. Se e quando ci sono rapporti occasionali, questi sono assolutamente all'insaputa dei genitori e lontani da occhi indiscreti: non si passeggia tenendosi per mano, non ci si abbraccia, né tantomeno ci si bacia in pubblico (tra l'altro, non si bacia come si fa qui, direi che i due innamorati si annusano intensamente). Il corteggiamento della donna avviene facendo doni, spesso regalando dolcetti. Quando ci s'innamora, è usanza comunicarlo a entrambi i genitori; si stabilisce un incontro con la presenza dei parenti e si discute; si valuta e si decide sia la fattibilità di questo rapporto, sia dei rispettivi impegni economici per affrontare il futuro matrimonio; normalmente i genitori accettano solo rapporti tra ragazzi dello stesso livello sociale, ancora meglio se di uno superiore, ma mai accetterebbero uno inferiore: in pratica i ricchi si sposano con i ricchi, i poveri con i poveri."

"Mi stai descrivendo un quadro poco romantico e molto utilitaristico dell'innamoramento." Commentò Anna, interrompendo il discorso di Atid.

"Infatti, da noi si preferisce la praticità! L'aspetto sentimentale è rilegato alla sfera privata della coppia."
Anna domandò ancora: "Parlami delle donne thailandesi. Come sono e come si comportano?"
Atid, spiegò: "Benché secondo il Buddhismo professato in Tailandia, la donna sia collocata un gradino più sotto rispetto all'uomo in quanto essere impuro e tentatore, nella vita quotidiana e nell'economia familiare la donna thailandese è l'elemento trainante, di primaria importanza. Anche nell'ambito della religione, le monache thailandesi, per esempio, non possono ottenere i voti monastici al contrario degli uomini, ma solo ritirarsi in tempio e ambire alla tunica di colore bianco, inneggiante alla purezza. Nella vita di tutti giorni invece, mentre il maschio passa gran parte del suo tempo bevendo whisky & soda con gli amici e giocando a dadi, la donna accudisce alla casa, i bambini e lavora, cercando di riuscire a mandare avanti la famiglia nel migliore dei modi."
"Povere donne! Che brutto destino hanno." Esclamò, Anna, delusa.

Atid riprese il suo discorso: "In realtà, chi pensa che in Tailandia le donne siano di facile costume, si sbaglia. È vero che la mentalità thai riguardo al sesso è molto aperta ma poter uscire con una ragazza seria, spesso può significare doverla corteggiare con assiduità e ricevere almeno un paio di no, prima di poterla portar a cena. Poi, bisogna fare i conti con la famiglia che non sempre è accondiscendente, soprattutto se il ceto sociale e il conto in banca sono bassi. I thai vivono in nuclei familiari numerosi da tantissimi secoli, la famiglia ha grande importanza, il rispetto per i genitori e per il Re viene insegnato nelle scuole sin da piccolissimi.

I più curiosi noteranno che in thail i vestiti delle ragazze sono sempre molto sobri e non c'è ostentazione di libido, il gesto più spinto mostrato da due innamorati è tenersi per mano. Raramente capita di vedere ragazze thailandesi in abiti succinti, che mettono in mostra le loro grazie lasciando poco spazio all'immaginazione. In caso contrario, probabilmente siamo di fronte ad una fautrice del lavoro più vecchio del mondo."

Trascorsero molti pomeriggi in cui Anna e il suo attendente discutevano sulle questioni sociali o si raccontavano di loro; ogni appuntamento aggiungeva un po' più intimità alla loro vicinanza. In uno degli incontri, i due giovani iniziarono a rompere la breccia nel muro della divisione sociale e a entrare in un mondo tanto idilliaco quanto pericoloso. Durante le lunghe ore che trascorrevano insieme, toccavano molti argomenti, construendo una complicità crescente e nel perdurare di questa abitudine, Il clima diventava sempre più tenero, specialmente quando il tema di discussione era l'amore. Ognuno di loro tentava di definirlo mentre taciti desideri e inconfessabili speranze correvano sul filo dei loro sguardi.

In un tardo pomeriggio, il sole stava per ritirare i suoi ultimi raggi, Atid sedeva accanto ad Anna.

Era il momento romantico più bello che si potesse raccontare, il giovane forzò la sua timidezza e teneramente posò la sua mano su quella di Anna. Il cuore batteva a mille per l'insolenza che si stava maturando.

Una rischiosa indecisione trattenne, immobile per qualche attimo, la mano della donna; la sua posizione sociale non avrebbe dovuto consentire confidenze di nessun tipo, ma in quei pochi secondi, un conflitto tra ragione e sentimento dava tempo alla mano di Atid di muoversi liberamente trasmettendo suprema tenerezza. La donna, forse per sottovalutare l'importanza di quel gesto, ignorò l'accaduto e proseguì il colloquio ponendo una domanda: "Come definisci una persona romantica?".

"Romantica è quell'anima che cerca tre le stelle ciò che non trova nel proprio cuore." Rispose Atid, facendo riferimento a un'antica citazione del suo paese.

"È necessario, quindi, che manchi qualcosa nel proprio essere per dirsi romantici?" Continuò, Anna.

"La completezza interiore non richiede nulla di accessorio. Si desidera soltanto ciò che non si possiede già." Rispose Atid.

"Questa tua definizione rende il sentimento romantico meno nobile, lo rilega a un freddo meccanismo psicologico."

Atid, aggiunse: "Considerando, inoltre, che l'ardore del romantico è tanto più evidente quanto più profondamente egli sente la mancanza di qualcosa, si potrebbe affermare che il bisogno romantico rende l'individuo quasi infelice. In definitiva, una persona romantica ha bisogno di colmare le sue lacune interiori per far emergere le proprie emozioni."

"In altre parole, vorresti dirmi che gli innamorati tendono a essere romantici soltanto perché sono bisognosi di affetto?"

"Volendo essere pratici, la mia risposta è sì!" Atid, sorrise.

"Non mi piace questo tipo di romanticismo!" Replicò Anna, sospendendo con un sogghigno di disappunto il breve dibattito.

Anna era una donna sposata, e in quella occasione aveva mostrato il primo segno d'infedeltà verso il marito. È vero, però, che quando un sentimento s'impone non esistono regole o divieti che possano controllare azioni chiaramente sconsigliate dalla razionalità. Fu così che Anna dimenticò il suo ruolo e prese una straordinaria iniziativa.

Non ci fu momento più bello nella vita di Atid di quello in cui l'altra mano di Anna si sovrappose alla sua, come evidente segno di un amore corrisposto. In quegli istanti, il peso emotivo divenne insostenibile e quasi a voler sminuire ciò che stava succedendo,

la donna disse: "Sai ... le tue mani sono belle; trasmettono forza e sicurezza."
Dicendo così, Anna cominciò ad accarezzarle. Quel lento strofinio sulla pelle commosse il giovane che chinò leggermente il capo in segno di profondo appagamento.
"Che ti succede, Atid?" domandò Anna, pur conoscendo la risposta.
"Perdonatemi, signora. Provo gioia, e non so aggiungere altro."
Atid, visibilmente emozionato, non potette nascondere i suoi occhi lucidi.
"Da questo momento in poi, per te, io sono Anna. Non vergognarti di questo sentimento." Assicurò subito la donna e poi continuò: "È bello ciò che provi! Ed è straordinario perché lo stesso sentimento lo provo anch'io."
Il giovane reagì immediatamente: "Ma io sono il tuo ... ". La parola <<servitore>> non fu pronunciata perché bloccata dalla mano di Anna. Qualche attimo dopo, i visi si avvicinarono, un bacio intenso e tanto atteso unì le due bocche, ormai travolte dal reciproco desiderio.

Passarono dei giorni, ma il ricordo di quel bacio incendiava l'animo di Atid. Anche Anna rimase scossa per quel gesto sconsiderato fatto fuori da ogni ragione pratica. Nonostante lei fosse cosciente della sua equivoca condotta, non poteva reprimere quell'attrazione che subiva verso il giovane thailandese. Si sforzava di rapportarsi formalmente, ma davanti alla sua figura crollavano tutte le sue buone intenzioni. Ed ecco che in una delle sere solitarie lei ricevette Atid con un entusiasmo non proprio corrispondente quella di una padrona nei confronti del suo inserviente. Quella sera, Anna indossava un abito con il quale le sue grazie mostravano il pieno splendore. La bianca sottoveste di seta dava alla sua immagine un aspetto divino. Aveva richiamato in camera Atid con il pretesto di dare diposizioni di lavoro per il giorno seguente, ma in quelle condizioni si capiva benissimo che l'intento era un altro. Atid, turbato dalla bellissima immagine della sua padrona, cercò di mostrare una bugiarda indifferenza.

Quando il giovane le fu davanti, disse: "Atid, domani dovrò andare in paese e vorrei che mi accompagnassi."

"Certamente, Anna!" rispose lui.

"Ora ti preparo l'elenco di ciò che devi acquistare." Sedendosi sul divano in modo sbrigativo, la donna non si curò del vestito che si era leggermente sollevato. La gamba nuda apparve in tutta la sua provocazione. Non curante di ciò, rivolgendosi al ragazzo, disse: "Siedimi accanto, leggi e confermami se la quantità di materiale che intendo acquistare è sufficiente al nostro fabbisogno."

Atid, a tutto pensava, tranne leggere su quel foglio. Non potette evitare di dire: "Anna, sei bellissima stasera!"

Anna, molto compiaciuta, rispose con un sorriso. Intanto, la donna si accorse che aveva conturbato il giovane; nonostante ciò, si avvicinò per dargli un bacio sulla guancia ma Atid non resistette. Istintivamente, spostò il viso allineandosi con le sue labbra e partì il più romantico dei baci. La donna non si ritrasse. I sensi si accesero, perché la mano dell'uomo già si muoveva sulla chiarissima e levigata pelle delle guance, per poi scendere delicatamente sulle spalle e infine lungo la gamba. Lentamente, i due corpi si spostarono come se cercassero la miglior posizione per abbracciarsi. Di lì a poco, i due amanti erano intrecciati sul letto con i vestiti abbandonati per terra. Fu un fuoco di sensazioni. Anna si abbandonò completamente alle carezze di Atid che diventò padrone delle sue intimità. Nessuna parte del corpo era ormai celata e l'unione completò il suo percorso, giungendo al massimo del piacere. Questa fu soltanto la prima volta, perché poi i corpi continuarono a unirsi più volte e ciò che prima era soltanto nell'immaginario, divenne realtà. Anna e Atid si amavano. Nessun velo o imbarazzo copriva il loro rapporto che doveva restare un segreto per sempre.

Capitolo 3

La gravidanza

Accesi dalla passione i due amanti continuarono a vedersi regolarmente e liberi da qualsiasi freno, si abbandonavano a ogni piacere dell'amore. Nello stato di donna innamorata e completamente presa dal giovane Atid, Anna appariva meno triste e più aperta alla vita. Allo stesso tempo, diventava difficile reprimere il suo stato emotivo e fingere sentimenti veri con il marito. Frequenti mal di testa o inspiegabili malori, erano motivi addotti per eludere o almeno ridurre i doveri coniugali. Sebbene Ubaldo avesse notato questo cambiamento comportamentale in sua moglie, cercò di non creare problemi, considerandolo causato da uno stato psicologico passeggero.

Una domenica mattina, alzandosi di scatto da letto, Anna si precipitò nella stanza accanto per rispondere a una chiamata telefonica. Aveva deciso di non rispondere dall'apparecchio in stanza da letto, sia per non disturbare la pace del marito ancora in dormiveglia, sia perché immaginava chi potesse essere all'altro capo dell'apparecchio. Appena giunse nelle vicinanze del ricevitore, Anna svenne e cadde di peso per terra. La sfortuna volle che nella caduta il capo urtasse lo spigolo di una base quadrata dell'appendiabito posto nelle vicinanze. Anna rimase senza coscienza per oltre una decina di minuti, fino a quando Ubaldo, insospettito dalla perdurante assenza della moglie, uscì dalla stanza per cercarla. Entrando nel salone d'ingresso, vide sua moglie esamine per terra. Una pozza di sangue si allargava dalla testa fino giù sotto le spalle. Il viso pallido e il corpo immobile disegnavano una scena drammatica. Terrorizzato da quanto si presentava ai suoi occhi, Ubaldo sollevò la moglie dal pavimento, la riportò in camera e la adagiò sul letto. Subito dopo, allertò tutta la famiglia e convocò immediatamente il medico in casa.

Atid non stava nella pelle quando gli arrivò la notizia. Si precipitò nell'appartamento dei signori per rendersi conto di persona dell'accaduto e per mettersi a disposizione.

Il medico, giunto lì pochi minuti più tardi, visitò Anna mentre era ancora in stato confusionale. Il colpo alla testa era stato violento e, avendo perso molto sangue, la donna appariva intontita; non era in grado di riconoscere neanche i suoi parenti. Lei, raccontava molto tempo dopo, che in quei momenti udiva le voci delle persone affollanti la stanza, ma di non saper distinguere l'appartenenza; ogni viso di quella folla le era sconosciuto. Per molti giorni restò a letto, incapace di ricordare ciò che le era successo. Oltre alla memoria, aveva parzialmente perso la sensibilità degli arti e mostrava una ridotta funzionalità degli organi sensoriali: non distingueva più odori e sapori. Nella famiglia erano evidenti le preoccupazioni riguardanti il suo completo recupero fisico-mentale.

Fortunatamente, dopo le prime cure, Anna cominciò a riprendersi lentamente. Servirono alcune settimane prima di potersi alzare da letto e dei mesi per recuperare pienamente le facoltà sensoriali minacciate. Intanto molte nubi si stavano addensando sul cielo della famiglia Frizzani. La causa di quella rovinosa caduta non fu la distrazione di chi si alza frettolosamente dal letto. Il referto medico parlava chiaro: Anna era in attesa di un figlio. Ubaldo era il padre? La perdurante attesa fin dal primo giorno di matrimonio di questa gravidanza, non fece sollevare nessun dubbio su chi potesse essere il padre della creatura. La notizia che un rampollo della casa Frizzani era in arrivo, viaggiò in lungo e in largo per tutta l'azienda. Contemporaneamente, la paura per la terribile esperienza appena vissuta dall'intera famiglia si attenuava; la gioia sopraggiunta per l'inaspettata notizia invitava tutti all'ottimismo.

Appena Anna si ristabilì, Ubaldo si accinse a informare la moglie sulle precauzioni suggerite dal medico per condurre la gravidanza nella massima sicurezza. Dopo l'incidente, seguirono meticolosi controlli medici. Ubaldo aveva preso ogni precauzione per la tutela della buona salute del nascituro. Sebbene non ci fossero problemi, Ubaldo era teso e insisteva nel chiedere maggiore attenzione alla moglie durante l'attesa.

"Cara, ora che stai meglio, vorrei parlarti di quello che è successo." Esordì, Ubaldo.

"Non temere, Ubaldo, è stato soltanto un brutto incidente. In futuro sarò più attenta." Si affannò a rispondere, Anna, per tranquillizzare suo marito.

"No, Tesoro. Ho parlato con il medico e mi ha assicurato che non è stata una banale vertigine a causare la tua caduta" precisò.

"C'è qualcosa che devo sapere? Sono forse malata?" Chiese preoccupata.

"Sì, ma di una meravigliosa malattia. Fra non molto sarai mamma!" dicendo così, abbracciò la moglie per nascondere tutta l'emozione.

Anna rimase bloccata tra le braccia del marito, incapace di proferire nessuna parola; sapeva che Il figlio che portava in grembo era il risultato di un peccato. Nella mente aveva Atid che era il suo servitore e ora diventato il vero padre del bambino.

"Capisco il tuo sconcerto, amore mio. Abbiamo dovuto attendere quattro lunghi anni per questa gioia." Ubaldo cercò di rassicurarla, mostrandosi felice.

In quell'abbraccio s'intrecciarono emozioni fortissime nate da aspettative diverse. Qualche lacrima cadde sulle spalle del marito, ignaro della realtà dei fatti.

Quando si parla di gravidanza, si è soliti definirla una "dolce attesa", ma per Anna la prospettiva non poteva che essere amara. Cosciente del suo stato, il primo problema fu quello di stabilire quando e come informare Atid. Tentennò moltissimo prima di prendere la decisione di dirgli tutto. Nel periodo in cui non stava bene in salute aveva condotto una vita riservata, separata dal resto della famiglia. Il marito le stava vicino e le mostrava attenzioni particolari. L'avvicinamento di altre persone le procurava ansia innescata dalla paura che il suo segreto si potesse svelare. Temeva che in qualche modo il suo tradimento si sapesse ancor prima che ne avesse parlato ai genitori e ad Atid. In ogni caso, la sua mente era continuamente occupata sullo stesso pensiero. Si arrovellava sul modo come risolvere il dilemma. Le sue preoccupazioni erano concentrate su come evitare o almeno come attenuare l'impatto psicologico che la notizia della gravidanza extraconiugale avrebbe portato in famiglia.

Il trascorrere del tempo non aiutava, anzi aggiungeva pena a uno stato morale già precario. Un pomeriggio presto, appena il marito uscì di casa, convocò Atid e gli parlò: "Atid caro, ti ho chiamato perché tu sappia la verità."

"Anna, ero preoccupato per te! So che non sei stata bene. Spero che il peggio sia passato, però volevo sentirlo da te. Ti senti meglio ora? Quale verità dovrei conoscere?" Chiese Atid, con tutta l'ansia che aveva in corpo.

"Non posso trattenermi molto con te. Avrò il tempo soltanto per dirti che sto bene ma anche che sono in attesa di un figlio tuo."

Gli occhi di Atid si bloccarono, puntati sul viso di Anna. Il terrore che il significato di quelle parole aveva scatenato immobilizzò il giovane. Un treno di immagini accelerate percorrevano la sua mente. Partì un'imprecazione: "Oh Dio! Che succederà ora?"

Anna gli si avvicinò e accarezzandolo disse: "Non ti devi preoccupare di me. Saprò affrontare e superare questo ostacolo. Non m'importa del giudizio che si darà sul mio conto, né delle umiliazioni che subirò. Io resterò la donna che ti ha amato. Soffrirò per te quando ti ordineranno di andar via da me e dalla famiglia. Ubaldo è un uomo duro e deciso sulle questioni private. Difficilmente ti permetterà di restare."

"Tu che farai? Gli dirai tutta la verità?" Volle sapere, Atid.

"Chiederò a mio marito di andare dai miei genitori a Mortara. Con il loro aiuto troverò il modo per uscire da questa situazione con la minore sofferenza possibile."

Atid, completamente dimesso, sfiorando la guancia di Anna con il più casto dei baci, disse: "Non aspetterò la furia di tuo marito. Il giorno che andrai dai tuoi, prenderò quelle poche cose che ho e andrò via anch'io senza dare nessun avviso. Abbi cura di te e proteggi nostro figlio."

"Dove andrai?" Domandò Anna, iniziando a piangere.

"Non lo so! Certamente lontano da qui."

Queste furono le ultime parole di un uomo ormai senza futuro. In silenzio, Atid lasciò quella stanza in cui l'amore intenso, quello passionale, si era consumato.

Capitolo 4

La verità

Un figlio in attesa e un amore che si spegneva, avevano avuto un grande impatto sull'animo sensibile di Anna; in quello stato, aveva bisogno di conforto, pace e riflessione; tutte condizioni che poteva ritrovare soltanto tornando nel suo paese natio e trascorrendo con i suoi genitori un breve periodo. Aveva chiesto al marito di poter andare da sola a Mortara promettendo che sarebbe ritornata a casa appena avesse ripreso un po' di tranquillità. Ubaldo, forzando l'amor proprio e superando i timori legati ai possibili rischi che un viaggio in treno avrebbe potuto comportare, suo malgrado, acconsentì. Le impose soltanto di tenerlo strettamente informato per tutta la durata del viaggio.
Leonardo e Nunzia erano felicissimi di trascorrere del tempo con la loro figlia, a maggior ragione perché allora stavano per diventare nonni. Furono informati del giorno e ora d'arrivo, per cui, puntuali, erano in attesa nella piccola stazione del paese. Scendendo dal treno un sentimento di misto di antico entusiasmo giovanile e amore per quei luoghi trasalì dal respiro consegnandole una forte emozione. Questa volta l'abbraccio ai propri genitori aveva un altro sapore. Il segreto che Anna portava con sé era un macigno; il senso di colpa le toglieva il benché minimo spiraglio di pace interiore. Giunta nella casa dove da bambina aveva costruito i suoi sogni, entrando nella sua stanzetta, ritrovò le sue piccole cose. Erano ancora appesi come piccoli quadri i suoi disegni; i suoi libri preferiti posti ordinatamente in attesa di essere aperti; le foto messe in bella mostra fino a occupare ogni spazio sui muri della stanzetta. Mossa da istinto, prese una vecchia bambolina adagiata davanti allo scrittoio della piccola scrivania preparata per lei sin da giovinetta e la strinse al petto. Quel gesto andava contro il tempo ma rispecchiava il suo animo naturalmente dolce. Mamma

Nunzia provava una gioia che faticava a nascondersi; per pochi giorni aveva la sua piccola tutta per sé.

"Oh, Mamma, non immagini come sia bello per me ritrovarmi qui!" disse Anna visibilmente emozionata.

"Tesoro mio, Tu sei sempre con me anche quando sei lontana e rivederti mi ha dato tanta gioia." Ammise la mamma facendo seguire un abbraccio. Nella stretta Anna rievocò quel senso di protezione che da ragazza le aveva donato tanta fiducia. Come un lampo, nella mente si ripropose la realtà che stava vivendo e le riapparve con tutto il suo dramma il motivo per cui era lì.

Doveva attendere il momento giusto per confidarsi con la mamma; da bambina era a lei che apriva il suo animo. Purtroppo, non era facile iniziare la conversazione su un argomento così delicato e dalla portata emotiva che neanche lei stessa poteva presumere. Indipendentemente quanto potesse costare la sua confessione, lei era lì per questa ragione e doveva andare avanti. Per fortuna, l'occasione per vincere ogni esitazione capitò presto.

In un pomeriggio, mentre si attendeva del rientro del padre, notando l'insolita riservatezza, la mamma le domandò: "Anna, da quando sei arrivata appari triste, quasi sfuggevole, come se fossi chiusa in te stessa. Dimmi, hai qualche cruccio?".

"Mamma, devo ancora abituarmi all'idea di avere un figlio e ciò mi procura un po' d'inquietudine."

"Dovresti essere gioiosa, invece! Sei sempre taciturna … a volte sembra che tu voglia evitare la compagnia." Anna non fiatò.

"Ti ho cresciuta, piccola mia! Conosco bene ogni tua reazione. Tu hai qualcosa che ti rende infelice. Avanti dimmi, che cosa non va. Almeno potrò far qualcosa per …".

Mamma Nunzia non finì la frase perché la figlia si lanciò tra le sue braccia e scoppiò in lacrime.

Lei conosceva quel tipo di reazione, senza scomporsi disse: "Intuivo che ci fosse qualche problema. Ora cerca di calmarti e parliamone. Sicuramente troveremo una soluzione."

"Sarà difficile, mamma." Anna aggiunse in una voce soffocata dal pianto.

"Lascia che sia io a dirlo."

Alcune carezze scivolarono dolcemente tra i capelli, mentre sul viso correvano le lacrime. La mamma era pronta a dare il suo mondo pur di far sparire quella sofferenza. Dopo una breve pausa, la figlia prese coraggio e disse di getto: "Mamma, il figlio che nascerà non è di Ubaldo!" il pianto diruppe nuovamente.

Non c'era mai stato un silenzio così profondo fra le due donne. Anche nei casi più disperati, Il cuore di una mamma, pur contaminato dai tabù del proprio tempo, cerca sempre di comprendere la figlia. Questa verità, però, era pesantissima da accettare. Moralmente dimessa ma sostenuta dall'enorme bene che le voleva, cercò di dire qualcosa.

"Sei sicura di ciò che dici?".

"Sì, mamma! Io ho amato segretamente un altro uomo e ..." non continuò più a parlare; la disperazione per quella situazione non le permise di terminare la frase.

"Mi è impossibile credere!" disse sottovoce la madre sconcertata e poi continuò.

"Non aggiungere più nulla! Aspetteremo tuo padre e vedremo insieme come superare questa dura prova. Ora vai in camera tua e riposati! Devi salvaguardare il bimbo che è in te. Io andrò in cucina a preparare qualcosa da mangiare."

Ancora con il viso bagnato, Anna rientrò nella sua stanza e si stese sul letto. Aveva un forte mal di testa di cui cercava sollievo in un improbabile sonno. Non le riusciva di scacciare dalla mente scene costruite sulle presunte conseguenze; anticipava la vergogna che le inondava dopo ogni possibile motivazione adducibile ai suoi comportamenti; prefigurava la sua moralità macchiata per sempre dal tradimento.

All'ora di cena la famigliola era intorno al tavolo. Il pasto fu consumato in un clima austero, come se si attendesse il compimento di un triste presagio. Alla fine, Leonardo, preoccupato per quell'insolito silenzio, disse: "Le mie donne tacciono? Non hanno più nulla da dirsi?".

"Avremmo tanto da discutere, invece. Abbiamo atteso te per iniziare." Rispose mamma Nunzia, con un tono che annunciava sventura.

"I vostri sguardi bassi mi dicono che c'è qualcosa che non va, coraggio ditemi che cosa è successo."

Anna non resistette a quelle esortazioni, si alzò e corse in camera nuovamente in lacrime, abbandonando i due genitori in cucina. Leonardo, spinto dal suo spirito protettivo, si stava alzando dalla sedia per raggiungere la figlia e chiederne motivo, ma fu bloccato dalla moglie.

"Aspetta, Leonardo, lasciala andare. Devo prima dirti qualcosa."

"Spero che non sia nulla di grave." Ansiosamente, attendeva le parole della moglie.

"Anna si è messa in un bel pasticcio. Il bambino che deve nascere non è di Ubaldo!".

Leonardo rimase senza parole. Un attimo dopo, volendo conoscere a fondo la situazione, riprese: "Anna è una brava figlia. Che significa tutto questo?" Il padre non stava nella pelle. La sua riconosciuta flemma in quel momento non esisteva più.

"Leonardo, la ragazza ha conosciuto un altro uomo e avrà perso la testa; tutto il resto lo puoi capire da solo."

"Come può aver fatto tutto questo senza aver dato mai segni d'insofferenza verso il marito." Si chiedeva il papà, affranto per il disonore incombente.

"Non è il momento per cercare ragioni. Ora occorre pensare come affrontare la situazione e trovare il modo migliore per risolverla." Disse Nunzia, lucidamente.

Leonardo non ascoltava più la moglie; era visibilmente turbato e bloccato nei suoi pensieri. Poi, chiese ancora: "Ti ha raccontato come sia potuto succedere? Chi è il vero padre del bambino?"

"Anna è sconvolta! È venuta da noi per chiederci di aiutarla. Quando vorrà, si potrà confidare, ma fino ma quel momento, dobbiamo starle vicino e comprenderla." Attese in silenzio che il marito recuperasse un po' di lucidità e domandò: "Come dovremmo comportarci con Ubaldo?".

"A nostra figlia le abbiamo insegnato la sincerità, il rispetto, la responsabilità, e questi valori ci guideranno anche ora. Informeremo Ubaldo, con lui si chiarirà ogni cosa. Anna non potrà sottrarsi alle decisioni che il marito vorrà prendere." Affermò con decisione, Leonardo.

"Conosci lo stile della famiglia Frizzani. Difenderanno la loro onorabilità anche a danno di nostra figlia." Disse Nunzia con molta preoccupazione.

"Non ci sono altre soluzioni se non quella di consentire a nostra figlia di vivere con l'ignominia dell'inganno. Quando Ubaldo verrà da noi per riprendersi sua moglie, gli diremo la verità." Così dicendo, l'uomo fece intendere che ormai la decisione finale era stata presa.

Il giorno dopo mamma Nunzia nell'avvicinarsi a sua figlia, cercò di essere il meno possibile invasiva, ma era chiaro che voleva sapere di più sulla proibita relazione amorosa e ancor di più, sull'identità del padre del nascituro. Non voleva forzarla a raccontare tutto, attendeva il momento più naturale affinché Anna si sentisse sufficientemente fiduciosa per confidarsi.

"Come ti senti stamattina, cara? Hai ancora quel mal di testa?".

"Sto un po' meglio, mamma. Il pensiero per quello che è successo e per quello succederà ancora, mi tormenta."

"Non temere di parlare con me. Non devo giudicarti, voglio soltanto il tuo bene." Disse Nunzia con tutta la bontà che riusciva a mostrare.

"Sono triste anche per papà. Gli ho dato un dolore che non meritava." Gli occhi cominciarono a inumidirsi.

"Lui ti vuole tanto bene e lo sai. Vuole da te una grande prova d'amore e di onestà."

"Credo di sapere cosa vuole che io faccia."

"Sì, cara. Vuole che tu sia sincera con tuo marito e che ti assuma la responsabilità dell'accaduto."

"Mamma, sono venuta da voi per trovare il coraggio per parlarne a Ubaldo."

"Con il tuo consenso, tuo padre vorrebbe farlo per te. Vuole prendersi lui il peso delle umiliazioni che le razioni di tuo marito scateneranno."

"Riuscirò poi, a guardare negli occhi Ubaldo?" Anna non potette più trattenere il pianto.

"Dai, su! Non riprendere a piangere. Ciò che serve è affrontare la situazione cercando il miglior modo per uscirne con il minimo dolore."

"Conosco Ubaldo, andrà su tutte le furie." Disse Anna, portandosi le mani al viso.

"Se lo farà non potremo farci nulla, l'importante è che si pensi alla creatura che nascerà." Disse la mamma con fermezza.

"Che sarà di Atid? È lui l'uomo che ho amato e che amo ancora. È lui il padre del bambino! Come farà Ubaldo ad accettare tutto questo?" Il pianto interrompeva lo scandire delle parole.

"Anche per questo si troverà una soluzione. Ci penserà tuo padre a sistemare ogni cosa, ma dovrai accettare tutte le decisioni che tuo marito vorrà prendere."

Qualche settimana dopo, Leonardo invitò a pranzo il genero; disse che gli avrebbe fatto piacere scambiare qualche chiacchiera davanti a una bottiglia di buon vino prima di riportarsi sua figlia a Milano. Ubaldo accettò subito e poiché non amava viaggiare solo, si fece accompagnare dal fratello Andrea. L'idea di essere padre gli dava tanto orgoglio e buon umore; anche sul lavoro e tra i suoi dipendenti appariva un'altra persona. Giunti a destinazione in ora di pranzo, i due fratelli si unirono al tavolo preparato anche per loro. Durante il convivio, la famigliola faticava nell'adeguarsi all'entusiasmo di uomo che sapeva di essere già papà. Al termine dei pasti, Leonardo chiese al genero di isolarsi con lui per una breve passeggiata nel sobborgo dove un viale alberato si apriva a ventaglio davanti ai loro passi. La quiete pomeridiana del luogo e il fruscio del vento che muoveva le chiome verdi degli alberi, preparavano la scena ai una delle più deludenti verità che doveva giungere alla consapevolezza dell'ospite. Appena furono compiuti pochi passi dal caseggiato, i due uomini cominciarono a parlarsi.

"Sono contento che ora anche tu ami fare due passi dopo cena." Disse Ubaldo, con lo scopo di far partire un colloquio.

"È una bella serata e si coglie l'occasione." Rispose Leonardo che subito dopo aggiunse.

"Devo subito avvisarti che il mio invito al passeggio ha anche un altro motivo."

"Mi fai incuriosire, ora!" Replicò, Ubaldo, sorridendo.

"Caro Ubaldo, ciò che ti sto per dire non è piacevole e sa solo Dio quanta fatica dovrò fare per rendere le mie parole meno pesanti possibile."

Improvvisamente il lento procedere si trasformò in una sosta. Ubaldo preoccupatissimo chiese: "Riguarda Anna? Ha avuto conseguenze quella brutta caduta e non mi ha detto nulla?".

"No, Ubaldo! Anna fisicamente sta bene, il grosso problema è un altro."

Leonardo si prese una lunga pausa mentre Ubaldo visibilmente allarmato lo fissava in attesa della ripresa del discorso. Vincendo la titubanza di chi conosce l'importanza delle parole che stanno per essere pronunciate, con voce grave disse: "Mia figlia ha fatto una grossa sciocchezza."

Il discorso si fermò nuovamente.

"Avanti, Leonardo, continua! Che cosa è successo?" Ubaldo non sopportava più l'attesa delle parole.

"Mi è difficilissimo dirtelo in modo leggero, ma devi sapere la verità."

Con gli occhi puntati sul genero Leonardo, con tono grave, disse: "Il padre del bambino che Anna partorirà non sei tu!".

"Che significa?" Rispose Ubaldo come se la sua domanda fosse un atto di ribellione.

"Anna ha perso la testa per uno dei tuoi lavoranti. Probabilmente si è vista lasciata sola e la conseguenza è ora sotto il tuo giudizio."

Ubaldo tramortito da questa notizia, si fermò per sedersi su una delle panchine del viale. Poi, non sapendo cosa pensare, dimenticò la compagnia di Leonardo e iniziò a parlare da solo.

"Oh, Anna! Perché mi hai fatto questo?" mormorò come se fosse una supplica. La sua mente ribolliva di mille pensieri. Si chiedeva che cosa avesse potuto spingere la moglie fino a quell'atto infame. Le aveva dato tutto quello che una donna possa desiderare: benessere, servitù, libertà e cosa aveva avuto in cambio? Un tradimento! Fu quest'ultimo pensiero a fargli riprendere il colloquio con Leonardo.

"Sappiamo chi è la persona di cui se ne invaghita?" chiese sapendo di dover ricevere ancora una bastonata.

"Sì, è uno dei tuoi inservienti, Atid!" Leonardo voleva essere leale fino in fondo con sé stesso, non nascondendo nulla al povero Ubaldo.

"Ecco come ringraziano coloro che sono stati accolti in famiglia con generosità! Avrei dovuto lasciarlo morire di fame sui marciapiedi della città, quel bastardo!" La rabbia interiore incendiava quell'equilibrio di giudizio che lo caratterizzava da sempre.

"Capisco la tua rabbia, Ubaldo. Occorre che ti prenda un po' di tempo per riflettere e soltanto allora potrai decidere sul da farsi. Io come padre sono costernato come te, ma Anna quantunque abbia sbagliato gravemente è ancora mia figlia. Insieme a mia moglie l'aiuteremo a farle capire il tuo e il nostro dolore causato dal suo comportamento sconsiderato."

"Non ho parole per esprimere la mia rabbia e delusione; non mi resta che ritornare immediatamente a Milano. Restare ospite da te anche per una sola notte, mi farebbe sentire male. Ho bisogno di trovare un po' di pace e conforto nella mia famiglia per riflettere. Soltanto allora prenderò le mie decisioni."

I due uomini ritornarono in casa con l'umore completamente diverso da quello con cui erano usciti per la passeggiata. Alla loro vista, Anna si era momentaneamente ritirata nella sua stanza.

Temeva di non poter reggere il confronto. Ubaldo, con uno sguardo basso, rivolgendosi a suo fratello disse:

"Andrea, ritorniamo a Milano questa sera stessa, ho saputo di un impegno urgente per domani mattina." Un vento gelido aleggiava nel salone ancora imbandito con i resti del pranzo da poco consumato.

"Perché dobbiamo andar via subito? È successo qualcosa di grave in azienda?" domandò Andrea, non avendo il benché minimo sospetto di ciò che avesse determinato questo improvviso cambiamento di programma.

"Prepara l'auto! Ti spiegherò tutto durante il viaggio."

"Anna, viene con noi?" chiese come se fosse scontato.

"No, rimarrà con i suoi genitori ancora per qualche giorno." Andrea Capì che non era necessario porre altre domande. Il modo perentorio della risposta gli annunciava tempesta.

Frettolosamente e salvando appena i convenevoli, Ubaldo e Andrea ripartirono verso Milano.

Un'ora dopo, i due fratelli erano in auto, percorrendo la statale 494 Vigevanese in direzione di Milano. Dopo i primi chilometri fatti in assoluto silenzio, Andrea tentò di aprire il discorso.

"Ubaldo, vuoi dirmi che cosa è successo?".

"È accaduto ciò che non avrei mai potuto immaginare."

"Ed è così grave?" domandò con tutta l'ansia che portava da quando erano partiti.

"Si, Andrea! È un colpo mortale alla fiducia che un uomo ha per la sua donna."

"Anna ha fatto qualcosa di sbagliato?"

"Mi ha tradito!" rispose senza mezzi termini.

"Oh Dio!"

Andrea non voleva proseguire a domandare ma intuiva che suo fratello aveva bisogno di un modo per esternare la delusione e la rabbia repressa. Infatti, qualche secondo dopo lo sfogo continuò.

"È in attesa di un figlio non mio!" Il tono di voce salì e la rabbia gli negava anche le lacrime.

Andrea non disse nulla. L'incredibile scena che raffigurava nella sua mente lo lasciò sbigottito. Intanto, Ubaldo riprese il suo monologo. "Non immagini quanta furia ferve dentro di me. Ho dato piena fiducia alla donna che ho sposato; non le ho fatto mancare nulla; mi sono prodigato per il suo bene fin dal primo giorno di matrimonio, e ora me la ritrovo con il frutto di un adulterio."

Ubaldo sbattette le mani sullo sterzo fino a farlo vibrare.

Dopo queste parole ritornò il silenzio che durò fino quando i due fratelli giunsero nella loro casa.

Capitolo 5

L'aborto e l'abbandono

La notte portò consiglio, perché il giorno dopo Ubaldo sapeva che cosa fare. Riunì la sua famiglia e la informò. Non voleva pettegolezzi e chiedeva a ogni membro riserbo e rispetto leale per la dignità ferita dal comportamento di sua moglie. La prima decisione che prese riguardò Atid; fu di tronco formalmente licenziato e diffidato dal presentarsi nell'area della sua proprietà. La seconda riguardava Anna; doveva abortire!

Siamo nel 1968, quando l'aborto doveva attendere dieci anni per essere riconosciuto e regolato dalla legge italiana. A quei tempi chi ricorreva a tale soluzione lo faceva per rimediare a gravidanze non accettate o non volute. Per abortire si doveva rivolgere a strutture private clandestine o migrare in paesi più avanzati dove la legge locale lo ammetteva. Ubaldo era benestante e aveva le possibilità economiche per pagare qualunque specialista. Così, si mosse per consultare medici del territorio capaci di risolvere il problema tra le mura dei suoi appartamenti. Quando fu stabilita la data precisa per la visita medica preparatoria, tornò a Mortara per riportare la moglie a casa, per poi imporgli la sua volontà. Anna non fece nessuna resistenza, ma in cuor suo desiderava fortemente che suo figlio nascesse a dispetto di qualsiasi scandalo. Restò mansueta anche quando seppe del modo con cui Atid fu bandito dal suo territorio. Conservò dentro di sé tutto il dolore, sperando che un giorno il suo amore per quell'uomo potesse avere la luce che meritava.

La scoperta di una gravidanza, soprattutto perché non cercata, fu uno shock e rappresentò un momento critico nella vita di Anna. L'aborto che si stava programmando avrebbe potuto condizionare lo stato psicologico, oltre l'integrità della successiva genitorialità della donna. Tutto questo passò in secondo piano perché a Ubaldo interessava l'onorabilità della sua famiglia.

45

La prima visita medica fu interlocutoria, ma già fornì allo specialista alcuni elementi controindicanti la drastica soluzione. Anna accusava frequenti sintomi di depressione: attacchi di panico, confusione mentale, prostrazione, colpa, senso di vuoto. Inoltre, la completa assenza di supporto morale rendeva la situazione ancora più difficile. Lontana dai suoi genitori, isolata nella famiglia del marito, separata dal suo tenero amore Atid, Anna non aveva scampo; doveva pagare a caro prezzo il suo errore.

Il risultato più condizionante sulla fattibilità dell'aborto arrivò al termine di alcuni accertamenti clinici. Il medico convocò Ubaldo nel suo studio e così lo informò: "Signor Frizzani, per onestà professionale devo sconsigliarle in modo assoluto l'aborto per sua moglie. Dalle indagini preventive effettuate, si rileva un alto rischio per una possibile lesione dell'utero. Ignorare questo pericolo significherebbe mettere a repentaglio la vita della sua signora o perlomeno azzerare la possibilità di poter avere altri figli. La paziente ha bisogno di cure meticolose e di essere aiutata amorevolmente per portare a termine la gravidanza."

Ubaldo, nonostante tutto, amava ancora la moglie, ma allo stesso tempo voleva evitare a tutti i costi lo scandalo. Concepire un figlio fuori dal matrimonio, in quegli anni era qualcosa di ignominioso per una donna e disonorevole per l'uomo. Ancor più perché nella sua famiglia tutti sapevano che il figlio nascente non era suo, l'unico rimedio possibile che salvasse la sua reputazione, era quello di consentire alla moglie di portare segretamente a termine la gravidanza per poi abbandonare il bambino in ospedale. Ubaldo non voleva deprimere ancor di più lo stato psicologico della moglie e attese il momento meno drammatico per comunicare la sua decisione.

Non ci sono parole sufficientemente adatte a descrivere lo stato d'animo di Anna quando arrivò il momento di conoscere le decisioni del marito. Aveva appena saputo che non doveva più abortire e subito dopo le si imponeva di accettare senza batter ciglio l'abbandono di suo figlio appena dopo il parto. Il carattere docile e ubbidiente della donna non consentì nessuna ribellione. Tutto il dolore fu raccolto nel cuore e nascosto agli occhi del mondo.

La gravidanza procedette senza ulteriori problemi fino a quando, in una delle normali visite di controllo, il medico annunciò: "Complimenti, signori! È in arrivo una bellissima bambina."

In quella scena, soltanto attenti osservatori erano in grado di distinguere la gioia soffocata di Anna e l'amaro disappunto di Ubaldo per una figlia non sua, ma che doveva accettare per necessità formale. Questo doveva essere un momento di felicità, ma gli era stato negato dall'infedeltà della moglie.

"Avete deciso il nome per questa Bambina?" domandò il medico per colmare il silenzio creatosi dalla tensione leggibile sui volti dei due coniugi.

"Desidero chiamarla Sarah." Anna propose subito.

"È un nome di origine Arabo, usato nella tradizione ebraica come epiteto di Dio in terra." Spiegò, il medico, mostrando di essere appassionato di onomastica.

"Se piace a mia moglie, sarà il nome che daremo alla bambina." Disse Ubaldo, forzatamente coinvolto nella scelta.

Anna non rivelò mai la vera motivazione per la preferenza di quel nome. Sarah era il nome con cui la mamma di Atid si faceva chiamare quando giunse in Italia. Ubaldo non poteva saperlo!

All'approssimarsi della data del parto, Anna trascorse gli ultimi mesi di gravidanza a Mortara, dove si era deciso di far nascere la bambina, lontano dalle possibili dicerie dei conoscenti.

Capitolo 6

La nuova famiglia di Sarah

Il 30 giugno dell'anno 1968 nell'ospedale di San Gerardo alle ore 11,35 nel piccolo paese del pavese, veniva al mondo una tenera bambina di nome Sarah. Il suo vagito si udì così forte e chiaro che destò attenzione in tutta la corsia ospedaliera. Il destino di quella bambina era segnato. La sua mamma, dopo averla tenuta tra le braccia per tre giorni, doveva abbandonarla. Questa imposizione si rivelò terribile, tanto da creare scalpore tra le infermiere e le ostetriche del reparto. Ci furono tristi commenti e palesi atteggiamenti di dispiacere, ma la moglie doveva sottostare al rigido patto imposto dal marito. Furono inutili i pianti disperati e le implorazioni al ripensamento. Si era stabilito che la piccola Sarah non doveva essere ufficialmente riconosciuta dalla partoriente e poi abbandonata alle cure delle pubbliche istituzioni. Fedele alla decisione presa, Ubaldo lascò l'ospedale insieme alla moglie che piangeva, convinto che il tempo avrebbe cancellato ogni traccia dell'accaduto.

La terribile tempesta che si agitò nel cuore di Anna la segnò per sempre. Non era stato sufficiente abbandonare la bambina appena nata; un atto notarile, subito dopo reso effettivo, vietava alla futura donna Sarah di cercare e ritrovare i suoi genitori fintanto loro stessi erano in vita. Questo vincolo burocratico aveva bruciato ogni speranza di ripensamento da parte del marito e doveva tranciare per sempre qualsiasi legame tra Sarah e la famiglia Frizzani.

I giorni si susseguivano, così anche le stagioni. Sarah cresceva in quelle quattro mura di un istituto per bambini abbandonati a Milano. Era la bimba più coccolata dell'istituto forse perché la più piccola.

Spesso era presa in braccio da una ragazza ancor più sfortunata di lei, affetta da paraplegia agli arti inferiori che la costringeva a sedere su una sedia a rotelle. Le sussurrava note di una dolce ninna nanna. Si divertiva a stimolare la gioia in una bimba di nove mesi. Sarah era di esile corporatura, quasi invisibile, non si reggeva neanche sulle ginocchia. A qualcuno dava l'impressione di essere malaticcia. Pelle chiara, capelli nerissimi, occhietti a mandorla, erano tutte caratteristiche che richiamavano l'aspetto orientale ereditato dal padre Atid.

Tante erano le coppie che, non avendo bambini, venivano a visitare quell'istituto con l'idea adottare quel figlio mai avuto per natura. Così la piccola Sarah fu oggetto di osservazione di innumerevoli coppie che si alternavano in visita per una probabile scelta d'adozione. Molte coppie segnalarono la preferenza per la piccola Sarah, ma furono scartate perché a giudizio della direttrice Carla non andavano bene; non le davano quella fiducia che potesse convincerla. D'altronde, Sarah era la sua prediletta e lei voleva essere certa di affidarla a buoni genitori adottivi che dimostravano di possedere una degna stoffa morale e sicure credenziali economiche. La bambina, però, diventava grandicella e ciò riduceva le possibilità di giungere a un'adozione finalizzata. Con lo scopo di facilitare e accelerare il percorso di adozione fu necessario modificare la tipologia della pratica burocratica, qualificando il caso come "adozione speciale". In questo modo, si dava urgenza e si favoriva il caso rispetto ad altri. Queste pratiche generalmente erano attivate d'ufficio per situazioni in cui i genitori biologici avessero avuto dal giudice tutelare il provvedimento d'inabilità ad assumere il ruolo di educatori a causa della cattiva condotta morale o civile (per esempio: genitori drogati, violenti, carcerati, ecc.). Nel caso di Sarah, per motivare l'applicazione della clausola, la direttrice pensò di utilizzare la richiesta del padre che prevedeva un'adozione con completo anonimato dei genitori biologici. Il vincolo burocratico associato alla nuova tipologia mirava a impedire il ritrovamento dei genitori una volta che la bimba fosse diventata adulta.

Passarono altri mesi di vana attesa, finché un giorno si presentò una coppia che per anni aveva desiderato un figlio naturale ma senza esito. Forse per fato o per le innumerevoli richieste di adozione valutate negativamente, la direttrice con spirito ottimistico accompagnò due signori alla timida presenza della bambina. Le parole usate nella circostanza lasciavano trasparire un probabile soluzione positiva dell'incontro. In quell'occasione, la dirigente dell'orfanotrofio appariva con aria superba, riservata, apparentemente ostile; la responsabilità del suo ruolo comandava il suo essere istituzionale dunque, altero. Era alta, snella, ben curata, con capelli lunghi raccolti con uno chignon perfetto. Indossava un abito color crema, che risaltava i tratti del suo viso affusolato e pallido. Al termine della visita, la donna fece accomodare la coppia nell'anticamera della direzione. Poi, rivolgendosi al suo funzionario nella sua stanza, con tono deciso, disse: "Se non mi sono simpatici e non rispondono alle mie attese, la bambina non uscirà da questo istituto!".
La coppia attese oltre due ore prima di essere ricevuta. Dovevano sostenere un colloquio dal quale la direttrice avrebbe dovuto ricavare informazioni importanti riguardanti la plausibilità per concedere l'affidamento della bambina. La perdurante attesa portava tensione negli animi degli aspiranti genitori che nelle loro sedie incrociavano sguardi ansiosi. Un vecchio orologio a pendolo situato accanto all'ingresso martellava lo scorrere del tempo nella silenziosa anticamera. Finalmente la porta si spalancò e i due coniugi si apprestarono cauti a entrare. Furono fatti accomodare e subito la loro attenzione si fissò sull'ambiente che gli accoglieva. Ammirarono una stanza dalle grandi dimensioni, arredata con poltrone in pelle nera. Attestati di studio e titoli benemeriti facevano bella mostra sulle istituzionali pareti bianche. Un camino occupava parte della stanza. Sul soffitto un grosso lampadario di cristallo a puntali illuminava di luce calda un

arredamento stile antico di cui una spaziosa scrivania meticolosamente ordinata ne faceva parte. L'attenzione degli ospiti fu attratta dalle alte volte a botte, raffiguranti scene ottocentesche di donne che danzavano, mettendo in risalto la loro femminilità. Una grande finestra porgeva sul giardino retrostante l'istituto mentre candide tende adornate con disegni in trasparenza, lasciavano trapelare la raffinatezza e il buon gusto di chi occupava quella stanza.

Dopo averli scrutati attentamente, la direttrice iniziò a parlare: "Signori Ansaldi, questa nostra conversazione ha l'obiettivo di raccogliere quante più informazioni possibili sulla vostra onorabilità e integrità morale che ci convincano sull'opportunità dell'adozione stessa. Vi chiedo di rispondere ad alcune mie domande senza nessun timore per quello che potrà essere l'atto conclusivo. Ho letto attentamente la vostra documentazione e non ho trovato nulla che potesse essere da ostacolo alla decisione finale. Comunque, questo dialogo si rende necessario per avere una vostra conoscenza diretta e valutarne anche l'aspetto emotivo che l'adozione comporta."
"Siamo, appunto, un po' emozionati, direttrice." Subito Giacomo confessò.
"Ogni coppia a un certo punto del suo percorso di vita si trova a dover affrontare la decisione di avere un figlio. Qual è stata la motivazione principale che vi ha spinto a pensare di adottare un figlio?" fu la prima domanda.
"La nostra decisione è giunta dopo moltissimi tentativi infruttuosi di avere un figlio per vie naturali. Nonostante questo, non ci siamo arresi e abbiamo deciso di provare l'adozione; non vogliamo rinunciare all'esigenza di sentirci genitori." rispose Giacomo in intesa con la moglie.
"Intraprendere il percorso di adozione, significa prima di tutto capire che quasi sempre i bambini adottati in età prescolare vivono esperienze negative legate alla separazione e all'abbandono da parte dei genitori naturali. Per questo motivo è

importante che i genitori adottivi si rendano conto che è necessario affrontare questo passo con un'adeguata preparazione psicologica." Spiegò la direttrice, prima di porgere la seconda domanda.

"Inoltre, è fondamentale che la coppia abbia superato il senso di frustrazione e fallimento per non essere stata capace di procreare biologicamente. Ciò potrebbe lasciare la sensazione che la genitorialità adottiva sia inferiore a quella biologica, creando un rapporto disfunzionale con la piccola. A tal proposito, vi chiedo: appena vostra figlia potrà capire, pensate che sia giusto rivelare l'adozione e spiegarne i motivi?".

"Crediamo che svelare il nostro vissuto doloroso aiuterebbe a creare un legame più intimo e forte con la bambina. Le parleremo con tutto l'amore possibile." Fu la risposta di Giacomo. Intanto Lidia, in silenzio, annuiva sulle parole del marito.

"Dovete porre molta attenzione nei primi incontri. Questi sono fondamentali per la psicologia della bambina. Nei primi dialoghi si creano e si confrontano aspettative reciproche. È necessario che vi sia un adattamento tra di voi, con una chiara volontà di instaurare da subito un legame positivo e intenso. Non dimenticate che la bambina, se da una parte può essere felice di essere stata adottata, dall'altra può avere la consapevolezza di essere stata definitivamente abbandonata dai genitori naturali."

Si arrivò così alla terza e forse la più importante delle domande: "Secondo voi, è giusto ricordare con la bambina il suo passato; raccontarle della sua famiglia d'origine e perché è stata abbandonata?".

"Il passato di Sarah, per quanto doloroso possa essere stato, non dovrebbe essere cancellato, anzi, privarlo significherebbe farle perdere contatto con una parte di sé e della sua identità personale e culturale." Rispose Giacomo mostrando un'eccellente preparazione a quell'incontro. Infatti, prevedendo possibili difficoltà, suo fratello Francesco gli aveva giustamente consigliato, prima della partenza, di rivolgersi a un esperto del settore per avere suggerimenti sul modo di comportarsi durante quell'interrogatorio.

Appena terminato il colloquio, i due coniugi uscirono dalla stanza e tornarono in anticamera, in attesa della comunicazione dell'esito. Dopo circa un'ora, il funzionario portò la notizia tanto desiderata: la coppia era idonea per quel tipo di adozione. Felicissimi, i coniugi si apprestarono a informare tutta la famiglia che li attendeva in Puglia. Gioia e stupore contagiarono tutta la cerchia famigliare che aspettava ansiosamente il grande annuncio. Il loro rientro a casa non fu immediato poiché i tempi per la sistemazione degli atti burocratici furono più lunghi di quelli previsti; la documentazione tardava a completarsi e così i due coniugi dovettero fermarsi a Milano a casa del fratello di Lidia, dove la buona accoglienza e il calore familiare non mancarono.
I tempi stringevano e Giacomo, imprenditore esportatore di uva da tavola, dovette ritornare in Puglia da solo, costretto dagli obblighi del suo lavoro. Lasciò sua moglie, casalinga, ospitata dal fratello per il tutto tempo necessario all'espletamento delle pratiche. Appena giunto al suo paese natale, Giacomo fu entusiasta nel raccontare i particolari dell'esperienza ed esternare ai parenti e amici la sua felicità; finalmente aveva realizzato il suo sogno: diventare padre. L'uomo era risoluto, dal fisico possente, occhi blu come il mare, gentile, generoso, sorprendente e dall'animo buono. Era loquace e sapeva intavolare discorsi con tutti anche perché il suo lavoro lo richiedeva. Stupiva nel fare i conti velocemente senza usare carta e penna. Con lo spirito di un uomo rinnovato nella mente e nel cuore, Giacomo riprese a lavorare con l'impegno di chi sente la responsabilità di una vera famiglia.

Capitolo 7

Il dolore di Atid

Il tempo srotolava il destino di Sarah mentre suo padre, Atid, percorreva la strada della povertà e dell'emarginazione. Dopo l'allontanamento dalla casa Frizzani, il giovane si era spostato in un piccolo paese delle Marche, nei pressi di Ancona. Lì, aveva trovato una momentanea sistemazione per guadagnarsi da vivere. Viveva in un appartamentino condiviso da altri due compagni di sventura e ciò occasionalmente guadagnava, bastava appena per non definirsi barbone.

Il suo stato morale era pessimo. Appariva dimesso e schivo, parlava poco. Sembrava chiuso in sé stesso e lontano dal mondo vivo. Un suo amico gli consigliò di aprirsi o almeno di cercare un modo per distrarsi da quella continua tristezza che si leggeva sul viso spesso accigliato. Gli era stato intimato di non farsi più vedere nel territorio dell'azienda e di non tentare di comunicare con la famiglia Frizzani in nessun modo e con qualunque mezzo. Se avesse disatteso tale avvertimento, avrebbe subito gravi conseguenze. Probabilmente fu questo il motivo per cui scrisse e indirizzò una lettera mai spedita alla sua cara Anna.

"Amore mio, ho avuto poche occasioni di grande gioia nella mia vita. Con te ho vissuto momenti magici, durante i quali ho sentito il sentimento scorrere a fiume nelle mie vene: il cuore mi batteva forte, sentivo il respiro affannoso, arrossivo, non riuscivo a resistere nemmeno un attimo senza guardarti. Purtroppo, è tutto finito. È successo l'impensabile e questo mi ha completamente distrutto. Tutto mi fa credere che la mia vita è finita e non troverò più pace senza di te. Mi chiedo: che cosa potrò fare ancora? Che senso avrà ancora la mia vita? A cosa servirà il mio cuore, il corpo, la mente e l'anima? Una speranza inconfessabile mi ha guidato e sostenuto per riprendere in mano la mia vita, comunque umiliante e vuota che sia. Ho tentato di dimenticare

ma non è stato possibile. Ti confesso che ho pensato anche di farla finita. Sapevo però che vive un figlio mio. Devo anche a lui se sono qui a scriverti questa inutile lettera. Immagino che ti assomigli. Spero che sia una bella bambina; splendida come la mamma. Abbi cura di lei e dille che siete in due a risiedere per sempre nel mio cuore. Non sono certo se un giorno questa mia lettera ti possa giungere tra le mani, ma poco importa. Finora non ho mai avuto la forza di scrivere qualcosa, ho deciso di farlo perché non vorrei che il tempo possa nascondere le mie pene sotto la coltre dorata di ricordi sfocati.

Ci siamo incontrati in una fase della vita così vulnerabile e fragile, e di questo non potrò mai esser certo che sia stato un errore. Tu eri tutto quello che avevo sempre sognato e tutto quello che pensavo di volere. Sei intelligente, bella, tenera, spiritosa, amabile. Mi avevi nelle tue mani e avevi il potere di plasmarmi. Com'ero ingenuo nel credere che non saremmo mai stati mai scoperti e che ci saremmo potuti realmente amare con tutto il cuore come in una grande favola. È stata colpa mia se questo non è successo, e ora che vivo solo, posso realmente capire quanta incoscienza era in noi. Ricordo anche i momenti in cui venivo da te con l'entusiasmo per offrirti il mio aiuto; in realtà eri tu che mi donavi l'inimmaginabile. All'epoca mi sentivo in imbarazzato, credevo di valere meno di zero. Mi hai donato dignità e amore e di questo ti sarò eternamente grato.

Non credere che non comprenda la tua situazione. Vivi accanto ad un uomo che ha perso fiducia e stima di te. Devi continuare a vivere in una famiglia, dove continuamente cerchi di riparare quell'immagine di donna irrimediabilmente deturpata. Per amor tuo, non so che darei per cancellare tutto ciò che successo. Sei una donna speciale e non meriti tanto dolore.

Per quanto mi riguarda, io sto lavorando come un somaro, sopportando qualunque pena pur di raccogliere il denaro necessario per ritornare al mio paese. In Italia, non ho più motivo di continuare la mia vita. Andrò via e porterò con me, nel cuore, la mia Anna e mio figlio, sperando un giorno di poterli *abbracciare. Porto con me anche un grande cruccio: non so cosa darei per vedere per pochi secondi il viso di mio figlio. Continuerò a vivere con un unico sogno: rivedervi entrambi. Vi amo di un infinito amore. Atid."*

Questa lettera commovente racchiude la disperazione di un uomo che non sa più dove sono le ragioni del bene e del male. Conosce il dolore di un'esperienza di vita che gli ha messo in discussione tutto. Ai sentimenti sinceri, ha visto contrapporsi regole sociali inflessibili; la speranza cieca di un futuro diverso si scontra con una realtà crudele. Ripeteva a sé stesso: "Perché la vita è così cattiva? Mi ha tolto una patria, i genitori, l'amore. Che cos'altro mi riserva? Non ho pagato abbastanza?" Le domande erano tante e tutte senza una risposta. Nessuno chiede di nascere ma tutti siamo costretti a rispondere a ciò che la vita esige.

Capitolo 8

Il rientro a casa Ansaldi

A Milano, ospite di sua zia, Sarah cresceva serena, coccolata dall'amore di una mamma, che non le faceva mancare nulla. Indossava vestiti, cappellini, scarpette nuove, colletti inamidati. Mamma Lidia le mostrava tanta cura, ma soprattutto le dava quel calore di famiglia che mancava in istituto.

Aveva finalmente acquisito l'aspetto di una bambina serena con il sorriso stampato sulle labbra. La premurosa mamma usava portarla al parco nelle giornate assolate o nel primo pomeriggio. Spesso passeggiavano nelle vicinanze della casa, dove scorreva un ruscello. Nelle giornate uggiose, gradiva restare in casa vicino alla bambina; si occupava di cucito, arte che aveva appreso da sua cognata Rosa. Quel passatempo, serviva per guadagnare qualche soldino extra e riservarlo al futuro della sua Sarah.

Giunse la primavera successiva. Era aprile 1969. Giacomo ritornò a Milano per riprendere la sua famiglia e trasferirsi definitivamente al sud, in Puglia. Una terra assolata, ricca di tante risorse naturali, di lavoratori, dove l'uomo suda per ottenere i raccolti; la gente è umile, dove ancora la donna si sottometteva e accettava le costrizioni dell'uomo per amore dei figli. Qui, molte tradizioni erano ancora profondamente legate al sentimento religioso, spesso contaminate da forme di superstizione o legate a tradizioni precristiane.

Finalmente a casa, Sarah fu accolta da tutta la famiglia con grandi festeggiamenti. La piccola si sentì smarrita nelle tante attenzioni che le riservavano; la confusione che si creò intorno a lei fu indescrivibile. Tutti tentavano tenerla in braccio, baciarla, strizzarle le gote; la poverina, stanca perché reduce dal lungo viaggio, appena fu lasciata indisturbata sul divano, si assopì.

Sarah, già grandicella, appariva come una bambina dolce e spensierata, quella che tutti volevano avere; era il modello di bambina perfetta, cresciuta secondo ideali trasferiti dai genitori adottivi fin dalla più tenera età. Il mestiere di suo padre la affascinava, tanto che, appena poteva, si defilava da casa per correre al magazzino, dove lui, insieme a suo fratello Pasquale, dirigeva l'azienda agricola fondata da nonno Angelo.

Per Sarah, quelle esperienze nelle campagne, la immergevano in un mondo fiabesco. Da adulta, quel clima lo ricorderà con immagini indelebili. Era presa dalla meraviglia quando assisteva al fervore delle contadine che lavoravano l'uva, all'ascolto dei loro canti tipici con i quali davano ritmo e tono allegro al lavoro pesante di campagna. C'era la donna caporale che teneva a bada tutte le lavoranti e comandava l'armonico procedere. Nel tardo pomeriggio gli uomini si apprestavano a disporre sul camion frigorifero le cassette confezionate dell'uva. E, prima che il sole tramontasse, si aspettava l'ufficiale sanitario che desse l'autorizzazione a partire dei camion carichi del prezioso prodotto della terra. Si dirigevano verso la stazione, dove ad attenderli c'era un treno merce in procinto di partire con destinazione Francoforte in Germania.

Allo scendere delle prime ombre serali, i due fratelli, ormai stanchi per la dura giornata di lavoro, si rinchiudevano nello studiolo; uno sgabuzzino mal messo che faceva parte della struttura del magazzino dove conteggiavano il ricavato della giornata.

In questo clima, misto di tradizione e fede cristiana, la piccola Sarah cresceva al centro delle attenzioni della famiglia Ansaldi. Giacomo viveva per lei e non rinunciava per tutto l'oro del mondo a festeggiarla al suo rientro dal lavoro. Tutto questo non poteva che dare stimolo ed energia al suo spirito imprenditoriale. Bastarno pochi anni perché la famiglia conquistò benessere e crescente rinomanza nel paese.

Al compimento del settimo anno di età, i genitori iniziarono a spiegare alla bambina le sue origini e lo spirito dell'adozione. Approfittarono di una serata tranquilla per tentare l'approccio sereno a un argomento così delicato; sapevano che dovevano farlo e aspettavano soltanto l'occasione giusta. D'altro canto, era quasi un'abitudine trattenersi dopo cena parlando di tutto.

"Sarah, ascolta, io e mamma abbiamo qualcosa di molto importante da dirti!" comincio papà Giacomo.

"Ho fatto qualcosa di male?" Chiese Sarah, pensando di aver dimenticato qualche marachella fatta.

"No, niente di tutto questo!" Rassicurò.

"Ti ricordi quando eri in istituto?".

"Certo che mi ricordo, ma qui con te e mamma sto bene! Perché mi chiedi questo?".

"Sai perché eri lì?" Riprese Giacomo, con tono un po' più serio

"Sì, perché ero sola; non avevo una mamma e un papà." La bambina si mostrò subito un po' più triste.

"Ora siamo noi la tua mamma e il tuo papà." Si inserì Lidia.

"Meno male! Avevo paura che nessuno mi volesse." Si accese l'entusiasmo di Sarah.

"Devi sapere che i tuoi genitori, quelli che ti hanno fatto nascere, non potevano tenerti e si sono affidati alla direttrice dell'istituto per trovarti altri genitori."

"Perché non potevano tenermi? Ero cattiva?" Incalzarono le domande della bambina.

"Nooo, tu eri e sei ancora una meravigliosa bambina!".

"Allora, erano poveri?".

"Neanche! Loro erano dei signori e ti volevano bene, però hanno chiesto che altri badassero a te. Sono stati costretti a farlo per proteggerti."

"Non capisco. Forse c'erano persone brutte con loro?".

"Tesoro, niente di tutto questo. Ti prometto che appena sarai abbastanza grande, risponderemo a tutte le domande che vorrai fare, per ora ti basta sapere che io e mamma ti vogliamo un gran bene e che la tua adozione è stata una storia bellissima."

"Per questo motivo molte persone mi davano pizzicotti sulla guancia quando arrivai?" disse Sarah, sorridendo.
"Sì, tutti eravamo gioiosi di te e attratti dalla tua bella faccina." Rispose Lidia, volendo chiudere l'argomento. Subito dopo Giacomo la prese in braccio e le diede sulla guancia uno dei baci più forti. La bimba non resistette per molto tempo tra le sue braccia perché velocemente sgattaiolò verso terra per ritornare tra i suoi giocattoli.

La famiglia di Giacomo era numerosa, composta di sei figli, quattro maschi e due femmine. A capo della famiglia c'era la nonna; una donna energica, dal carattere forte, completamente dedita alla famiglia. Nonna Marietta aveva ereditato il duro compito di allevare da sola i figli poiché nonno Angelo, appena tornato dalla seconda guerra mondiale, si ammalò e morì poco tempo dopo, all'età di cinquantuno anni. La famiglia allora si era allargata; ai figli si aggiunsero nuore, generi e nipoti. Era consuetudine, la sera, quando tutti avevano terminato i loro impegni, di riunirsi in casa della nonna intorno a un braciere per raccontare i fatti della giornata appena trascorsa. La nonna, cercando di tener buoni i bambini, prendeva del pane raffermo, lo tagliava a fette e, infilzato in una forchetta, lo faceva rosolare a fuoco lento sul braciere per poi distribuirne a piccoli pezzi. Sarah ricorda ancora i sapori e gli odori che lentamente si diffondevano nella grande stanza.

Sebbene la famiglia fosse unita e si prosperava, i dispiaceri non tardarono ad arrivare. Lo zio Francesco, maestro di scuola elementare, era abbastanza noto nella politica, in particolare nel partito della Democrazia Cristiana. Seguace di Aldo Moro, fu eletto come consigliere regionale, ma una brutta malattia gli impedì di continuare la carriera politica. Morì giovanissimo, all'età di quarantanove anni. Era il 21 agosto del 1977. Alle ore dodici esalò l'ultimo respiro. La notizia si diffuse prestissimo tra gli amici e parenti. Il presidente del partito democratico, allora presieduto da Aldo Moro, non tardò a inviare le sue condoglianze a tutta la famiglia. Sarah aveva appena nove anni. Il ricordo di quel giorno lo porterà vivo fino all'età matura. Non avrebbe mai potuto immaginare di perdere lo zio a cui si era affezionata tantissimo. Fu questa la sua prima esperienza triste durante la quale si misurò con l'idea della morte. Promise a sé stessa che in un lontano giorno, quando sarebbe diventata mamma, un figlio avrebbe portato il suo nome.

Capitolo 9

La sorella di Sarah

Anna era diventata una signora trentenne che viveva il suo presente con l'angoscia nel cuore. L'idea che la sua Sarah fosse sola nel mondo la torturava; non aveva nessuno con cui confidarsi per lenire l'intimo dolore. I suoi genitori non esistevano più, portati via dalla stessa malattia uno dopo l'altro. Il destino le sembrava accanirsi. Pensava che il suo continuo stato infelice fosse qualcosa di ordinato dall'alto per espiare il suo tradimento. Ubaldo, sebbene agli occhi del mondo, l'avesse perdonata, covava in sé un risentimento di cui non riusciva a liberarsene. Erano ancora marito e moglie ma vivevano in due mondi separati. Se non fosse stato per l'arrivo della figlia Clara, i due coniugi sarebbero stati già separati. Lo stato psicologico precario di Anna dopo l'abbandono della prima figlia, fu la motivazione per cui il marito tentò di stabilizzare l'unione, allontanando così il pericolo della rottura del matrimonio.

I timidi avvicinamenti che seguirono dovevano chiudere la vecchia storia nell'oblio e consentire di ritrovare la normalità della vita di coppia. Con questa volontà ritornarono ad amarsi e ciò che per anni non era successo, accadde: Anna ebbe una seconda gravidanza e partorì la figlia di Ubaldo. Clara aveva un paio di anni meno di Sarah; una bambina di carnagione chiara, occhi colore verde oliva, lisci capelli neri e dai modi gentili; coccolata dalla famiglia, era la passione di suo padre. Per lei non si lesinava nulla. Qualunque progetto che servisse a migliorare la sua educazione o che le portasse gioia, era preso in seria considerazione e attuato.

Anna era tanto orgogliosa per Clara quanto angustiata per Sarah. Si chiedeva spesso: chissà che sta facendo ora? Avrà trovato una buona famiglia? Sentirà la mancanza della sua mamma?

Soprattutto, un giorno potrò rivederla? Tutte queste domande erano chiuse nell'intimità più segreta. Ubaldo doveva credere che quel passato fosse stato cancellato e tutta la vicenda trasformata in un'illusione o qualcosa accaduto in un sogno.

Capitolo 10

La pubertà di Sarah

La figura mingherlina di una bimba vispa preoccupava tantissimo papà Giacomo, così pensò di acquistare una villa in campagna. Immaginò che trascorrendo del tempo a contatto con la natura, sua figlia potesse liberare l'esuberanza in eccesso e di conseguenza stimolare l'appetito necessario per irrobustirla. Il proposito divenne realtà alla fine del 1977. Nella sconfinata area murgiana, nel cuore della Puglia, una splendida costruzione a due piani divenne proprietà della famiglia Ansaldi. Fu ristrutturata e abbellita in ogni parte; doveva essere pronta e protagonista degli anni più belli di sua figlia. Nell'estate successiva la vivacissima Sarah, era lì mentre rincorreva lucertole o tentava assalti ai muretti di recinzione. Giacomo tirò fuori tutto il suo estro di artigiano per impreziosire ogni angolo del suo paradiso privato. Innestò rose, piantò alberelli di frutta e preparò un giardino da favola. Ogni particolare era pensato per far piacere alla sua piccola. Predispose nello spiazzo centrale della villa anche un'area giochi, corredata di altalena, scivoli e dondoli. Conoscendo la briosità e la curiosità della bimba, Giacomo volle che tutti gli accessori presenti nell'interno della piccola reggia fossero sicuri, eliminando ogni possibile minaccia strutturale. Eliminò punte e spigoli da porte, muri e cancelli; aggiunse protezioni e chiuse qualsiasi passaggio o percorso pericoloso attraverso cui il corpo della bambina poteva infilarsi. Infine, per dare un tocco orientale all'ambiente, impiantò due alte palme al centro del grande piazzale frontalmente all'ingresso. C'erano anche alcune panchine in pietra distribuite lungo un vialetto che si raggomitolava intorno alle due palme; invitavano gli ospiti al riposo e alla riflessione nella pace della compagna. Tutto questo verde e arredo monumentale rendevano singolare il luogo e chiaramente contrastante con la desolazione della zona limitrofa.

Confinante con la villa si ergeva un'altra costruzione meno pomposa ma abbastanza ammiccante da interessare la curiosità di Sarah che, ovviamente, non resistette molto tempo prima di visitarla e conoscere i padroni.

Sarah approfittò del dono del padre, vivendo in quel piccolo paradiso come una reginetta. Nella villa trascorse anni bellissimi. Imparò a riconoscere i fiori, ad apprezzare le more e divenne una provetta esploratrice fino a sconfinare nella proprietà del vicinato. Fu così che conobbe i primi amichetti; con loro trascorse intere e allegre giornate, inventando giochi e andando a caccia di lumache.

Gli ampi spazi interni ed esterni della villa consentivano di ospitare zie, nonne e cugini. In piena estate la residenza di campagna degli Ansaldi diventava un centro di accoglienza. Amici e conoscenti si sedevano intorno ad un grande tavolo: giocavano a carte, parlavano e si raccontavano vecchie storie. Era straordinario il quadro che si componeva: quaranta adulti che parlavano e scherzavano. Spesso anche i bambini restavano con loro ad ascoltare storielle inventate mentre facevano merenda con pane duro ammorbidito da acqua e pomodoro e un filo d'olio d'oliva. Allora, si era felici con poco. Anche oggi, Sarah non può dimenticare quell'altalena che andava in alto fino a toccare il cielo con le dita; come può non ricordare quelle vecchie canzoni, nenie intonate dalle rauche voci delle zie. Il momento più bello giungeva la sera quando gli uomini di casa rientravano. Sarah impazziva nel correre incontro al padre ancora tutto sudato, saltargli al collo e sentire il suo odore. Giacomo si inteneriva e per nascondere la sua emotività, chiedeva alla piccola il resoconto della sua giornata. Sarah non perdeva tempo a raccontare le sue avventure nei minimi dettagli. Una sera gli raccontò come avesse rischiato di cadere, scalando la tettoia sopra il terrazzo per poi scendere velocemente. Giacomo aveva capito che era inutile raccomandarsi alla piccola per evitare pericoli. Le disse di non ripetere più quell'avventura. Intanto, ad ogni buon conto, decise di chiudere ogni accesso alle zone sollevate dal terrazzo.

In assenza di amici, Sarah era molto solitaria, distaccata dalla madre. In quei tempi amava giocare in terrazza nascosta agli occhi degli adulti con un pony rosso di plastica. Un giorno la madre, dopo averla inutilmente chiamata per alcuni minuti, si precipitò da lei. La vide impassibile che giocava con il pony rosso. Furiosa, strappò il giocattolino dalle mani e lo scaraventò giù nel cortile. Cadendo nel piazzale, Il pony si ruppe il collo e la piccola Sarah pianse disperata: il pony era l'amico a cui confidava le sue paure e i suoi segreti.

A fine settembre, in occasione di Santa Maria, l'onomastico di zia Maria e nonna paterna Marietta, si tornava in paese dopo tre mesi di vacanza in campagna. Per Sarah era tempo di scuola. A quei tempi i grembiulini bianchi e blu apparivano in giro per il paese già dal primo ottobre. Necessariamente si doveva rientrare nella vecchia abitazione per la ripresa della vita ordinaria invernale.

L'addio alla villa non era definitivo perché Giacomo, comunque, non mancava di ritornarci nelle cadenze festive di novembre. In quel periodo le campagne pugliesi proliferano di funghi ed è tuttora usanza per molte famiglie locali organizzare sortite mattutine nelle umide distese della Murgia alla ricerca di funghi. Giacomo conosceva bene quei luoghi di quiete e serenità, dove il vento cantava, accarezzando cespugli e sollevando qualche brivido di freddo tra gli schiamazzi dei bambini gioiosi. Ogni anno non rinunciava a offrire alla sua famiglia l'ebrezza dell'escursione nella campagna desolata delle Murge. Il suo gruppo famigliare (fratelli, nipoti, bambini) si avviava quando era ancora buio e da lontano si vedevano le prime luci dell'alba. Si camminava serrati con gli occhi puntati per terra, pronti a urlare: "Ho visto un fungo!" Gli occhi di Sarah esplodevano di gioia quando era lei la protagonista.

Il tempo si dilegua quando si è in compagnia e ci si diverte per cui quasi improvvisamente il sole si faceva alto. Alle undici in punto, si ritornava, stanchi ma soddisfatti. Giacomo portava orgogliosamente una cassetta piena di funghi tra cui spiccava quelli di dimensioni gigantesche che davano gloria allo scopritore. Giunti nel caseggiato, iniziava la festa. Le nonne preparavano il pranzo con la pasta fatta in casa (i cavateli) mentre le mamme selezionavano i funghi, separando quelli più grandi per arrostire, da quelli più piccoli da usare come condimento con la pasta. Per un paio di giorni i funghi costituivano l'elemento base dell'alimentazione per tutta la famiglia. Venivano cucinati in modi diversi ma sempre tutti apprezzati dal buon gusto.

Le escursioni si tenevano nei pressi del Castel del Monte: una fortezza del XIII secolo fatta costruire dall'imperatore Federico II sull'altopiano delle Murge occidentali in Puglia, a pochi chilometri dalla villa Ansaldi, sulla sommità di una collina, a 540 metri sul livello del mare.

Da quei giorni sono trascorsi oltre quaranta anni eppure nella mente di Sarah il ricordo delle emozioni vissute è ancora nitido. Traspaiono nostalgia e affettività da quelle scene in cui bracieri attizzati a carbonella ardente spargevano l'odore della buccia d'arancia fissata su un bicchiere di latta collocato lateralmente. Le donne anziane erano bravissime a muovere l'uncinetto (un ago lungo senza punta) per tessere coperte per i bambini. Intanto, s'intavolavano discorsi che rincorrevano i fatti di paese combinati con la storia di un passato ancora presente nelle usanze e nei modi di pensare.

Questi furono anni indimenticabili per Sarah che si predisponeva a diventare una bella signorina. Visse quell'intervallo di vita tra le coccole del padre e i dispetti di una mamma che la voleva sempre tranquilla e ubbidiente. La maturità era incombente e nulla poteva far presumere ciò che il futuro le stava riservando.

Capitolo 11

Il fidanzamento

Giunta all'età scolare, Sarah cominciò il percorso di studi, scegliendo l'Istituto magistrale per poi diplomarsi nell'anno 1985/86. Ancora con tanta voglia di studiare conseguì un attestato di corso di formazione per computer come addetta all'automatizzazione d'ufficio, nel 1986.

La giovane Sarah avrebbe voluto conseguire un diploma di musica al conservatorio di Bari, specializzandosi in pianoforte o diventare un'affermata psicologa, studiando a Roma, ma i suoi genitori si opposero fermamente nonostante l'insegnante di pedagogia e psicologia fosse entusiasta dei suoi risultati. La ragazza era una delle sue alunne più brave e interessate alla materia. Purtroppo, dovette arrendersi al volere dei genitori: non accettavano di saperla lontana da loro. Il desiderio di entrare a pieno titolo nella società, la spinse a cercare lavoro; si adoperò per leggere i giornali locali, spulciando nelle offerte di lavoro. Scoprì con sorpresa il bando di un concorso per titoli ed esami nell'anno 1990 da tenersi a Bari; Sarah allora aveva ventidue anni.

I genitori non persero l'occasione per iscriverla e poi farla preparare da uno dei migliori professori specializzati nella preparazione di prove d'esame per concorsi pubblici. Tutta la famiglia si mosse per accompagnare la giovane in questa nuova avventura. Il risultato finale fu di eccellenza. Il concorso fu vinto, anche se non ottenne subito l'impiego poiché non furono assegnate cattedre.

La giovane Sarah era diventata sulla carta una novella maestra di scuola d'infanzia. Era divenuta anche una bella signorina che univa spontaneità e vivacità in una miscela di allegra espansività. Si trovava perfettamente a suo agio in compagnia di amici; notevole era la sua capacità di rapportarsi con il prossimo con estrema facilità. Quando si trovava in gruppo, non consentiva a nessuno di ignorarla. In quell'anno Sarah conobbe l'amore per un uomo. Il caso volle che un giorno, mentre passeggiava con la solita comitiva di amici, in uno dei momenti di euforia, Sarah si spostò verso l'esterno del gruppo, cercando con lo sguardo uno dei compagni che si attardava. Sfortunatamente, a pochi passi dietro di lei seguiva un giovanotto che si stava deliziando con un enorme gelato montato con panna. L'improvviso e maldestro movimento della signorina fece in modo che la sua spalla finì contro il braccio del ragazzo che in quel momento portava alla bocca il gustoso gelato. Il poveretto rimase con il cono vuoto e parte del gelato distribuito tra la faccia, la camicia e sulle scarpe. Sarah, resosi conto di quello che aveva fatto, si precipitò con le sue scuse, offrendo il suo aiuto per ripulire la camicia del giovane invasa dalla panna. Il giovanotto si presentava di bell'aspetto, alto, biondo con gli occhi scuri, esattamente come avrebbe descritto il suo ragazzo ideale. Non servì molto tempo perché i due cominciassero a parlarsi.

"Sono mortificata per quello che ho fatto! Ti chiedo scusa." disse Sarah, mostrandosi fortemente dispiaciuta.

Il ragazzo, sebbene irritato per la buffa scena di cui era stato involontario protagonista, davanti a una bella ragazza si trattene dall'essere brusco.

"Va bene, non è successo nulla! Fai attenzione quando ti muovi di scatto." La redarguì.

Intanto, Sarah aveva tirato fuori dalla borsetta il suo fazzoletto, facendosi pronta a intervenire e aiutare il ragazzo a togliersi dal viso i residui di gelato sparsi un po' per tutta la sua figura. Era il suo modo per mostrare la genuina intenzione di voler riparare il danno procurato.

"Lascia che ti aiuti a pulire! Il gelato si è sparso ovunque tra la camicia e i capelli." Chiese Sarah.

Il ragazzo, investito da tanta attenzione nei suoi riguardi, lasciò fare. Mentre passava e ripassava il fazzoletto sul viso del ragazzo, Sarah non perse tempo a chiedere: "Come ti chiami?".

"Alessandro." Rispose lui, con l'impaccio di chi si sente trascinato in un colloquio non voluto.

"Io sono Sarah! Voglio ripagarti il gelato che ti ho rovinato."

"Non ti preoccupare, non ne ho più voglia." Disse il ragazzo, tentando di chiudere l'increscioso incidente e mentre gli amici di comitiva restavano fermi, curiosi spettatori di una scena comica imprevista.

"No, Alessandro! Mi devi dare l'opportunità di scusarmi anche materialmente".

"Va bene! A patto però che ne compri uno anche per te." Rispose Alessandro, con un mezzo sorriso.

"Stai pensando di vendicarti?" domandò Sarah, con l'intenzione di accettare la confidenzialità che si stava instaurando.

"Non potrei! Non amo rispondere alle disgrazie provocandone altre."

"Questo pensiero ti fa onore." Dicendo così, i due si avviarono verso il chiosco per acquistare i due gelati. Gli amici capirono che tra quei due qualcosa stava succedendo e discretamente li lasciarono soli.

"Quanti anni hai?" la ragazza domandò.

"Venticinque, tu?".

"Soltanto tre anni meno di te! Che fai? Lavori?"

"Aiuto in famiglia, ma principalmente studio."

"Sai, non ti ho mai visto in giro." Gli fece notare, Sarah.

"Sarebbe stato difficile vedermi! Ho appena finito il servizio militare e poi lo studio mi prende molto tempo."

"Stai studiando cosa?" continuava a chiedere Sarah, sempre più interessata.

"Studio medicina, spero tanto di diventare un buon medico."

"Certamente, lo sarai! Il mio sesto senso non sbaglia." Sarah sorrise.

"Dimmi un po', sei sempre così gentile con chi ti vuoi scusare?" chiese Alessandro, con un pizzico di malizia.

"Beh, sempre, non direi!" Sarah aveva accolto la provocazione e stava al gioco.

"Di te, non mi dici nulla?" continuò, Alessandro, cambiando argomento.

"Non ho molto da raccontarti. Sono una ragazza che ha appena vinto un concorso per insegnare nella scuola d'infanzia e non vedo l'ora di iniziare questo lavoro.

"Vedo già una maestrina attiva e perspicace!" disse Alessandro, volendola blandire.

"Avrò tanto da imparare, ma questo non mi preoccupa. Io amo stare con i bambini!"

Il colloquio continuò per molto tempo e non fu piacevole soltanto a causa del gelato che gustavano insieme, seduti come due fidanzatini su una panchina protetta dall'ombra di un albero.

Quando Alessandro parlava, Sarah si perdeva nei suoi occhi. Era evidente che entrambi si piacevano e attendevano reciprocamente conferme. Il caso, galeotto, aveva scelto un suo sistema buffo per far incontrare due anime destinate a stare insieme. L'ora del rientro si avvicinava e prima di salutarsi, Sarah chiese: "Resterai ancora per molto in paese?".

"Ho appena superato un esame e credo di meritare un piccolo intervallo di riposo. Una settimana mi sarà sufficiente." Rispose Alessandro, pensando già di volerla rivedere.

"Bene! Sei invitato alla mia festa. I miei genitori hanno organizzato un ricevimento per celebrare il buon esito del concorso. Ho avuto il permesso di invitare tutti i miei amici e spero che tu possa essere tra loro."

"Ci siamo appena conosciuti e già mi annoveri tra i tuoi amici?" Disse Alessandro, con un pizzico di ironia.

"Allora, dimmi tu quanto tempo serve per dichiararti amico! Il mio ricevimento è per il prossimo sabato." Disse Sarah, proseguendo con il tono ironico.

"Credo che entro sabato sarà trascorso il giusto tempo!" Alessandro rise.

"Nel frattempo, puoi unirti al mio gruppo. Siamo soliti incontrarci qui per trascorrere le serate insieme." Questo fu un implicito invito a volerlo rivedere il giorno dopo.

"Ovviamente, mi guarderò bene intorno prima di avvicinarmi a te con un gelato in mano!" risero entrambi.

Sarah, felicissima di questo incontro, salutò il suo nuovo amico e si avviò verso casa.

Il giorno dopo, Alessandro girò in lungo e in largo il giardino comunale, dove aveva incontrato Sarah. Sembrava che fosse sparita. All'improvviso una figura esile si delineò da lontano: era lei! Fingendo di passare per caso, la avvicinò.

"Quale fortunata combinazione mi porta a incrociarti nuovamente." Disse Alessandro.

"Ed io sono felice di rivederti, Alessandro."

"Ti va di passeggiare insieme?" Domandò il ragazzo.

"È l'ora esatta per il passeggio, non è così? E poi, vedo che i miei amici di comitiva stanno ritardando." Rispose Sarah.

"Non c'è migliore occasione per conoscerci un po' di più." Alessandro voleva subito far capire che era interessato a lei.

I due ragazzi si affiancarono ma la loro intenzione era di isolarsi nuovamente dalla gente intorno. Cominciarono a parlare, toccarono tanti argomenti che sembravano tutti interessantissimi, ma che in realtà erano alibi per guardarsi da vicino, sentirsi il fiato e sperimentare i primi languidi momenti. Le lunghe passeggiate prendevano sosta su panchine appartate, dove gli appassionati discorsi si fermavano per lasciare spazio ai primi teneri approcci di due innamorati. Dopo qualche giorno di frequentazione, in quegli stessi luoghi testimoni di tante conversazioni, le parole non servirono più, perché le bocche erano occupate in calorosi baci. L'odore dell'erba novella, le rondini, i fiorellini intorno dei giardini, componevano quella scena romantica ideale per i giovani spasimanti. Alla sera, durante i lunghi abbracci, la brezza accarezzava i lunghi capelli neri di Sarah. Alessandro con la sua dolcezza aggiungeva tenerezze. L'età dei due ragazzi dava segni di fervore e passione per ciò che stava accadendo dentro e fuori dal loro cuore. All'orizzonte si apprestava a sorgere la celebrazione della loro unione sentimentale.

Passarono mesi, il rapporto si consolidava, assumendo maggior concretezza. Dopo quattro anni erano diventati una coppia stabile, matura per il matrimonio, in rispetto ai canoni del tempo. Ogni sera, tornando a casa entusiasta, Sarah raccontava tutto ai suoi genitori. Era innamoratissima di Alessandro, era gioiosa della vita che conduceva; era grata ai suoi genitori adottivi per il dono continuo che le offrivano. Papà Giacomo, con molta difficoltà nascondeva l'emozione di leggere tanta felicità negli occhi della figlia. In quegli stessi occhi, aveva visto lo smarrimento di quella piccola bambina abbandonata in orfanotrofio, considerata come prova di un peccato imperdonabile.

Capitolo 12

Il matrimonio

A quei tempi, Alessandro studiava per conseguire la laurea che gli avrebbe permesso di lavorare con suo padre, anche lui medico. In occasione di ogni esame, prima del giorno della prova, restava in quarantena e a quei tempi non c'erano gli smartphone permanentemente collegati a Internet. Era difficile comunicare velocemente o anche poter rintracciare una persona; si aspettava semplicemente l'occasione di poterla incontrare. Il ragazzo, però, non appena superava l'esame, si precipitava sotto casa di Sarah per raccontarle tutto. Ormai il vicinato sapeva il motivo per cui quella ragazza scendeva le scale a rotto di collo. Una Fiat 500 parcheggiata davanti all'ingresso dell'abitato, faceva intendere tutto. Trascorrevano molto tempo chiusi in macchina per parlare di ciò che era successo durante l'esame e dopo, intervallati da baci e abbracci, si parlava di tutto. Fu proprio in quella vecchia auto, dove Sarah ricevette la grande notizia.

"Sarah, voglio dirti qualcosa di molto importante." Esordì, Alessandro, fermandosi subito dopo a causa dell'emozione che gli impediva di parlare.

"Ti prego, Alessandro, parla! Che cosa vuoi dirmi?" Insistette Sarah, per farlo proseguire.

"Ho parlato con i miei genitori e loro sono d'accordo." Altra pausa.

Gli occhi di Sarah, puntati sul viso del suo ragazzo, non battevano ciglio; erano pronti a catturare il più piccolo dettaglio che anticipasse ciò che di lì a poco doveva sapere.

"Ti amo e voglio sposarti!" la commozione fu infinita ma fu subito rimossa dall'abbraccio di Sarah che non reggeva tanta gioia. Con voce emozionata, replicò: "Tesoro mio, è quello che voglio anch'io con tutto il mio cuore." Poi, Alessandro continuò:

"Vorrei che le nostre famiglie si conoscessero, così potremo stabilire quando, come e dove potremo sposarci."

"Stasera stessa lo dirò ai miei genitori." Con questa frase, Sarah decise di non parlare più perché si avvinghiò al collo di Alessandro e partì con un bacio travolgente.

Le due famiglie decisero di incontrarsi per celebrare il fidanzamento ufficiale dei due giovani e cogliere l'occasione per conoscersi. I preparativi per il ricevimento, misero in fervida ansia i genitori di Sarah; si erano attivati subito per far in modo che tutto fosse preparato con stile; ogni dettaglio fu pianificato e organizzato con l'obiettivo di fare bella figura con gli ospiti. Il servizio doveva essere perfetto, il cibo di prima classe, l'ambiente elegante e accogliente. Giacomo era un onesto lavoratore e si era guadagnato uno stato di agiatezza che voleva mostrare con orgoglio. Sapeva, inoltre, che i suoi consuoceri non erano da meno, essendo entrambi medici.

Quel giorno promesso, finalmente arrivò. Sin dal mattino si respirava aria di festa, Il padre di Sarah ordinò delle rose rosse che mamma Lidia dispose in bella mostra in appariscenti portafiori di cristallo.
La casa degli Ansaldi si trovava in uno stabile in pietra con portone in legno. Era appartenuto alla bisnonna materna Maria, poi passato per eredità alla nonna Grazia che viveva con suo marito Rocco. La struttura architettonica degli interni, ben s'inquadrava con il timbro patriarcale della famiglia Ansaldi. Il tipo di arredo con le enormi stanze a volte alte e il pavimento in marmo, dava all'ambiente un senso di austera tradizione. Poiché le pareti erano in pietra, tra le grandi finestre vi trovavano posto delle nicchie adibite a piccoli ripostigli, usati per conservare di tutto. Sovrastante la casa si apriva un terrazzo da dove si dominava il circondario. La parte della casa che la bambina Sarah preferiva era la stanza delle rappresentanze, destinata al ricevimento di ospiti importanti; tenuta sempre in ordine e raramente usata. Sin da tenera età la piccola si rifugiava lì quando combinava una delle sue solite marachelle. Quel posto

era anche il luogo della sua fantasia e lo considerava riservato soltanto a lei. Le piaceva restare per ore solitaria riversata sul pavimento, giocando con tutto ciò che le capitava tra le mani. La sua ansia interiore la costringeva a rosicchiarsi le unghie e si infilava dietro i divani, fino a scomparire, così quando la mamma la cercava per punirla, le era impossibile scovarla. Soltanto quando tutto si quietava, allora provava a venir fuori, ma nel frattempo, presa dalle faccende domestiche, la donna dimenticava la sua rabbia e la birichina riprendeva a giocare come se nulla fosse successo.

Lidia Ansaldi, nella maturità dei suoi anni, era una donna energica, instancabile, piena di mille risorse; sempre presa dal giudizio della gente, era la casalinga per definizione, legata alle tradizioni del tempo, chiusa nel carattere e nella rigidità nelle decisioni. Il suo inflessibile modello educativo non le consentiva di manifestare pienamente la sensibilità di donna, e in modo ancor più forte, quella di madre. D'altronde, anche l'adozione di Sarah non era stata una scelta facile per il suo spirito. Aveva acconsentito per amore verso il marito il quale sentiva il vivo bisogno di essere padre. Lidia era spesso sola in casa e alla solitudine fisica si univa anche quella interiore e per questo motivo la presenza di una bambina in casa le avrebbe comunque fatto piacere. Non considerò, però, il fatto che la piccola avrebbe ridotto le attenzioni del marito su di lei per riversarle sulla bambina. Probabilmente, fu questo il motivo alla base di molte delle sue inspiegabili ed eccessive reazioni verso Sarah. Il rapporto spesso conflittuale con la bambina prima e con la donna Sarah poi, era minato da un'antica carenza affettiva mai colmata. Purtroppo, questo fattore non fece che degradare la sua funzione di mamma, specialmente se riferita a una bambina che arrivava in casa già con il senso dell'abbandono. Lidia seppe, molto tempo dopo il matrimonio, di non poter mettere al mondo figli; al suo utero erano stati diagnosticati problemi congeniti ai quali era stato impossibile trovar rimedio. Questa scoperta influì fortemente sul rapporto di coppia e portò strascichi comportamentali negativi anche durante l'adozione di Sarah.

Alle ore diciannove in punto tutto era pronto. Improvvisamente, il campanello risuonò; erano gli ospiti attesi che si apprestavano a salire le scale. C'erano tutti: la mamma Monica, il papà Roberto, le sorelle Adele e Lara, il fratello Sergio e ovviamente, Alessandro.

I coniugi Ansaldi accolsero il gruppo rispettando i convenevoli e dopo le dovute presentazioni, un piccolo spuntino con rifresco, anticipò le conversazioni volte a saldare l'amicizia tra le due famiglie.

Il momento migliore della serata fu quando sorprendentemente, Roberto Bonomi, padre del ragazzo, rivolgendosi a tutti i conviviali, cominciò così il suo discorso: "Oggi è un giorno particolare per Alessandro e Sarah. Spero che sia l'inizio di una lunga e gioiosa vita insieme."

"Lo speriamo tutti noi." Aggiunse Giacomo.

"Alessandro ha preparato una piccola sorpresa per voi, non è vero?" Disse il padre, cercando di stimolare il figlio a pronunciare la sua promessa di matrimonio.

"Mi sento imbarazzato ed emozionato. Mi perdonerete l'impaccio." Disse Alessandro.

Subito dopo con cenno di testa rivolto alle due sorelle, attese che una larga fascia rosa arricchita di cuoricini si srotolasse di fronte al gruppo riunito. A caratteri grandi era su scritto *Sarah, ti amo*. Nella meraviglia di tutti, Alessandro, chinandosi davanti a Sarah, come un cavaliere d'altri tempi, pronunciò la frase rituale: "Sarah, qui davanti alle nostre famiglie ti chiedo: vuoi sposarmi?".

L'emotività che si era creata era palpabile. Sarah, attonita, era bloccata dal misto di gioia e sorpresa. Servirono alcuni secondi di attesa prima che Il suono del suo sì si perdesse in un abbraccio. Il battimano che seguì, servì per rompere l'emotività immobilizzante che era scesa sul gruppo. Subito dopo i due fidanzati si scambiarono degli anelli.

La serata continuò nell'allegria dei commensali nel corso della loro prima cena insieme. Durante il convivio si parlò del futuro matrimonio: come e quando organizzarlo e poiché le argomentazioni avevano bisogno di molto tempo per svilupparsi, il gruppo restò insieme fino a tardi.

Gli anni che seguirono furono splendidi. I genitori di Sarah erano contenti di questo legame e sognavano di vedere finalmente felicemente sistemata la propria figlia. La famiglia si era allargata, le occasioni per divertirsi e per stare tutti insieme ormai non mancavano più. Anche le feste di Natale che seguirono portarono momenti bellissimi. Quella famiglia unita, tanto presente nell'immaginario di Sarah, era allora diventata realtà.
Roberto Bonomi era una persona dall'animo nobile, un uomo con valori morali altissimi e di spiccato spirito religioso, mostrò sin da subito l'affetto e la stima che nutriva nei confronti di Sarah. Sebbene le sue origini non fossero locali, dopo il suo matrimonio si era stabilito nello stesso paese di Sarah da oltre vent'anni. Aveva il desiderio di vedere quel suo unico figlio maschio tanto desiderato realizzarsi nel suo stesso lavoro e fornirgli un'adeguata sistemazione familiare. Purtroppo, soffriva di una malattia che lo costrinse a lasciare la vita terrena all'età di sessantatré anni, consegnando a chi l'aveva conosciuto un indelebile ricordo.

Dopo la promessa di matrimonio, seguirono altri avvenimenti importanti, il conseguimento della laurea in medicina di Alessandro. Per le due famiglie, il compito più alto era quello di aiutare i due fidanzati a costruire una nuova famiglia in gioia e serenità. I due promessi sposi insieme facevano progetti futuri e sognavano un nido d'amore tutto loro, con tanti pargoli da crescere. Infatti, non passò molto tempo prima che le rispettive famiglie cominciassero i preparativi che avrebbero portato i due giovani sull'altare.

Fu così che quel giorno, meticolosamente preparato, finalmente arrivò. L'emozione fu tantissima ed erano tutti felicissimi. Sarah vestì un abito bianco in cadì di seta e indossò una stola anticata che ricopriva le spalle nude. I suoi lunghi capelli si mostravano raccolti e abbelliti con piccoli fiorellini bianchi. Mantenendo in timidezza un bouquet di fiori d'arancio, mostrava tutta la sua bellezza. Alessandro, in frac nero con camicia bianca, disegnava la classica eleganza maschile. Fu un matrimonio da favola come quello sognato da tante ragazze. Ormai non mancava nulla perché la coppia iniziasse la vita matrimoniale in piena felicità. Seguì una luna di miele indimenticabile. Il tempo per loro si era fermato sorprendendoli in uno stato di permanente di felicità. Al ritorno dal viaggio di nozze, parenti e amici, li accolsero con una festa a sorpresa. I fortunati sposini potevano desiderare di più!

La vita ordinaria doveva riprendere il suo ritmo e terminati i giorni di festa, iniziò il processo di adattamento al nuovo stato di coniugi. Possedevano una casa bellissima e una domestica che aiutava nelle faccende di casa. Alessandro si occupava del suo lavoro con dedizione e responsabilità e Sarah era la moglie perfetta. Vivevano sereni e l'arrivo di un figlio stava per coronare il loro sogno.
Per Giacomo, diventare nonno, fu un altro motivo di gioia incontenibile. Finalmente Sarah aveva una famiglia completa, ormai tutto le era stato concesso. Durante i primi anni di matrimonio si alternarono viaggi, feste, cene, gite con amici. Sarah allora aveva tutto quanto aveva desiderato da bambina. Per lei era come vivere in una fiaba. La presenza degli amici era un'abitudine nella sfera familiare. Insieme a loro organizzavano serate conviviali, gite in barca, viaggi in aereo. La vita offriva il meglio e loro raccoglievano a piene mani.

Capitolo 13

Vita da coniugi

La vita è sorprendente. Quando pensi che nulla potrà minacciare ciò che hai conquistato con tanto sacrificio e dedizione, ecco che capita l'imprevedibile. I promettenti sposi avevano intrapreso un cammino di vita condivisa in cui ogni azione e ogni pensiero dovevano essere ispirati da quell'amore promesso nel giorno del matrimonio. Purtroppo, come succede in molte coppie, dopo i primi anni di convivenza felice, qualcosa inceppa; il meccanismo inizia a dare i primi segni di scompenso. Si potrebbe pensare che procedendo nel vivere insieme subentrino fattori impossibili da prevedere durante i momenti felici del fidanzamento e del successivo matrimonio. Può succedere, per esempio, di rendersi conto che la vita da sposati sia ben diversa da quella immaginata. Oppure, che alcuni atteggiamenti del partener non siano come si vorrebbero. In altri termini, si scoprono incompatibilità caratteriali insopportabili.

L'ebrezza della giovane età corre a mille, non conosce la pazienza dell'attesa, la disponibilità al confronto, la saggezza nel costruire in due il percorso di vita comune. Nei rapporti amorosi le emozioni giocano un ruolo importante: sono diamanti nelle mani del saggio, ma possono diventare cavalli imbizzarriti se non sono ben incanalate. Le emozioni guidano l'anima e possono sconvolgerla. Il giudizio vorrebbe che si sapesse scegliere le emozioni buone e soffocare quelle cattive. Purtroppo, occorre un'intera vita per diventare maestri in quest'arte.

Nel caso dei due coniugi, lo spirito di coppia cominciò a deteriorarsi; le emozioni positive si spensero lentamente e la relazione si trasformò in un ciclo di abitudini povere di parole. Sempre più spesso il marito rientrava tardi in casa e non sempre per motivi di lavoro. Con il passare del tempo Alessandro assumeva atteggiamenti che lo rendevano cupo, pensieroso, spesso taciturno, non sorrideva più. Le occasioni per parlare si ridussero all'indispensabile. Al rientro dal lavoro, Sarah aveva quasi paura di instaurare il dialogo. Il marito nascondeva con la stanchezza l'apatia al parlare. I tempi in cui appena s'incontravano partiva l'abbraccio e fiumi di parole, erano lontani. I fantastici amanti di un tempo erano diventati quasi due estranei.

L'arrivo del primo figlio, Giulio, sembrò migliorare il loro rapporto. Per un lungo periodo, i due coniugi avevano recuperato un po' più di fiducia reciproca. Si sforzavano di evitare irrigidimenti, mostrando disponibilità e comprensione. Sarah contribuiva a questa nuova ricostruzione del clima famigliare mostrandosi attenta e premurosa verso il marito. Non gli faceva mancare il calore di una casa accogliente; in inverno, il camino acceso dava un tocco d'intimità all'ambiente e rendeva l'atmosfera domestica ancor più familiare. Le feste in casa con amici contribuivano a rompere la monotonia della quotidianità. In questi appuntamenti Sarah si dedicava alla cucina, dando il meglio di sé.

Lo scorrere del tempo portò l'arrivo del secondo figlio, Giacomo. Questa volta la gravidanza non fu semplice. Sarah, tra minacce d'aborto e complicazioni varie, dovette penare tantissimo per superare il periodo difficile; i suoi genitori non le fecero mancare il loro sostegno.

Intanto, I problemi della coppia non erano scomparsi; in più occasioni ricomparivano quelle vecchie storie di incompatibilità che sfociavano in litigi e lunghi silenzi. L'assenza di complicità, il disinteresse per uno stato d'animo sofferente allontanava Alessandro dalla moglie.
Giunta la sera, l'atmosfera diventava insignificante, triste. Sarah preparava la cena, cullava il suo bambino e dopo averlo messo nel suo lettino, si isolava nella sua stanza per scrivere lettere

senza destinatario, lasciando in solitudine colui che pochi anni prima era stato il suo idolo. In quei momenti, riportava alla mente il suo passato dal quale riemergeva quel doloroso senso di abbandono che non l'aveva mai abbandonata.

Sarah si era rassegnata all'idea di non avere un marito a suo fianco, se non in occasioni strettamente formali e per questo motivo sempre più spesso agiva, prendendo decisioni autonome che a volte contrastavano il volere del marito.

Alessandro cominciò a comportarsi in modo maschilista e autoritario. Dominava la moglie con la sua volontà. L'ingenuità o l'istintività di Sarah erano diventati difetti insopportabili. È difficile credere come l'atteggiamento di un uomo possa cambiare in breve tempo. Probabilmente, l'abitudine, la perdita del fascino della novità, la stasi emotiva, potrebbero annoverarsi fra le possibili cause. Questi tarli degli affetti trasformano i rapporti d'amore in fredde e scontate presenze, sostenuti soltanto per adeguarsi agli obblighi della tradizione e dell'opinione pubblica. Talvolta, specialmente per gli spiriti arrendevoli, subentra la rassegnazione alla convinzione di avere un destino già scritto.

Iniziò così per Sarah il lento sconforto interiore, la perdita dell'armonia della mente, la costante inquietudine dello spirito, lo stato di paura continua. Il suo cuore sussultava a richieste del marito che non avevano più il sapore dell'amore. Si lasciò andare al modo severo di fare e pensare del marito. La donna si piegava a un volere estraneo. Nella solitudine si poneva tante domande, cercando i motivi profondi del cambiamento caratteriale di suo marito, mentre le lacrime frequentemente bagnavano il volto stanco.

Un giorno ebbe il coraggio di chiedere spiegazioni al marito. In quel frangente, Il suo corpo tremava, la voce flebile rivelava tanta paura. Nonostante fosse forte il desiderio di capire che cosa non funzionasse più, Sarah aveva più volte desistito. In una occasione si diede coraggio e domandò: "Alessandro, perché non ti

comporti più come un tempo? Che cosa ti ha cambiato? Dov'è quell'uomo di cui mi ero innamorata?"
"Di quale cambiamento parli?" Rispose, Alessandro, quasi sorpreso.
"Io sono come ero allora." Il tono di voce salì.
"Piuttosto, sei tu diversa!" replicò, ribaltando l'accusa.
"Ricordo i tempi in cui, rientrando dal lavoro, mi raccontavi tutto ciò che ti era successo. Anche quando non avevi proprio nulla da dirmi, inventavi sciocchezze che mi facevano ridere." Continuò Sarah.
"Quando si è ragazzi, non si hanno gli stessi problemi e le stesse responsabilità. Piuttosto, sei tu quella che si comporta come se si celebrasse un funerale ogni giorno!"

Sarah sorpresa per essere accusata per ciò che per lei era una reazione all'atteggiamento del marito, tentò di giustificarsi: "Mi lasci sempre da sola in casa. Non è vero che rientri tardi? Il tuo lavoro ti occupa fino oltre la mezzanotte? Quanto del tuo tempo mi dedichi dopo cena? Queste sono domande che chiedono la tua attenzione." La voce di Sarah si fece piangente.
"Non puoi chiedermi di essere allegro la sera. Il mio lavoro mi costringe ad essere sempre a contatto con il pubblico durante tutto il giorno e ciò non può che darmi stress. Oltretutto, durante i weekend siamo spesso in compagnia da amici." Disse Alessandro, volendo far notare l'opportunità che le dava per mantenersi nel sociale.
"È vero, siamo con amici! Tua moglie però veste i panni della cuoca o della moglie servizievole che offre comoda ospitalità ai tuoi amici. Mi hai mai visto colloquiare liberamente con uno loro? Tutto ciò che mi permetti di fare è pronunciare solo brevi frasi di circostanza."
"Non dipende da me se non riesci ad argomentare con loro!" precisò, Alessandro.
"Come potrei farlo se mi imponi la formalità e non vuoi che mi esprima liberamente con il mio estro!".

"Non ti costringo alla formalità. Voglio soltanto che si mantenga un certo stile, adeguato al nostro rango."

"Alessandro, mi fai rabbia quado parli in questo modo! Pensi che io sia sfacciata o ignorante al punto tale di non avere la consapevolezza del significato delle mie parole?" Alessandro, zittì e diede modo a Sarah di continuare.

"Qualunque moglie avrebbe buoni motivi per lamentarsi, specialmente quando gli amici del marito restano in casa ospiti fino a notte tarda, giocando a carte e fumando fino ad annuvolare l'intera stanza."

"Lasciamo perdere questo discorso, non vorrei arrabbiarmi di più!" Dicendo così Alessandro abbandonò la moglie e si ritirò in camera da letto.

Quel giorno Sarah rischiò tantissimo, perché spesso Alessandro non si fermava nell'alzare il tono della voce, ma spesso diventava nervoso. Il padre Giacomo, pur soffrendo per lo stato della figlia, volle tenersi fuori dai loro litigi. Li considerava parte della vita coniugale. Sarah non aveva altra scelta se non quella di rispettare la volontà del marito e di comportarsi come le era ordinato.

Quando, però, si presume che nulla può cambiare, ecco che l'imprevedibile apre nuovi orizzonti. Quel vecchio concorso a cui molti anni prima Sarah aveva partecipato e non si era concluso con l'assunzione, portò una novità inattesa: una raccomandata invitava la signora Sarah Ansaldi a presentarsi presso il provveditorato degli studi per scegliere la sede di lavoro. In realtà, si trattava di una notifica di un possibile incarico a tempo indeterminato per l'insegnamento in una delle scuole d'infanzia del territorio. Nell'aprire la missiva, lo stupore fu tale da lasciarla interdetta per qualche secondo. Nella nuvola dei suoi pensieri si diceva: "Il lavoro tanto sognato è finalmente arrivato! Non sarò più tra queste quattro mura; è finita la vita servile, solitaria, monotona! Comincia ora un nuovo capitolo della mia vita."

Capitolo 14

La trasformazione

La fortuna volle che la sede di lavoro fosse nel suo stesso paese, così la nuova situazione non determinò un cambiamento radicale delle sue abitudini; continuava la professione di mamma e nello stesso tempo, come maestra, si prendeva cura degli scolaretti. La sua vita divenne frenetica così che la sera cadeva esausta nel sonno. L'essere sempre occupata in mille attività, rese meno doloroso l'isolamento affettivo che sentiva nei confronti del marito. In casa non esistevano dialoghi, ognuno viveva per proprio conto. E con il passare del tempo, i due coniugi cominciarono ad allontanarsi anche fisicamente. Al termine della cena, Sarah si rintanava nella sua stanza a scrivere le sue memorie mentre Alessandro si rinchiudeva nel suo studiolo dedicandosi ai suoi passatempi.

La funzione docente consentì alla novella maestra di allargare la cerchia di amicizie e, allo stesso tempo, le consentì una maggiore libertà d'azione. Le nuove condizioni di vita cambiarono radicalmente le abitudini di vita. Sarah si sentiva più libera nel suo animo e fiduciosa di recuperare quell'entusiasmo giovanile lenito dal rapporto problematico coniugale e poi perso per la perdurante monotonia della vita domestica molto spessa connotata di solitudine.

Negli anni che seguirono molte cose mutarono, Sarah costruì un equilibrio interiore che le permise di apparire agli occhi del marito una persona diversa e ciò aprì una nuova fase nel percorso di vita della coppia. Alessandro cominciò a interessarsi maggiormente della moglie, ad aver cura delle sue debolezze, a sostenerla nei momenti di difficoltà; sempre più frequentemente colloquiava con la moglie, mostrando quelle attenzioni che ricordavano i primi anni di matrimonio.

La vita a volte è inspiegabile, basta un episodio perché si inneschi una catena di eventi del tutto imprevedibili. Sarah era una donna con una grande fede religiosa; credeva nel buon Dio come espressione di un amore superiore, capace di darle la forza per superare qualsiasi difficoltà e infonderle una speranza incrollabile sul suo futuro.

La trasformazione che Alessandro subì fu dovuta ad un episodio incredibile che lui stesso raccontò alla moglie. Un giorno mentre era alla guida la sua Mercedes, ebbe una chiamata dal suo cellulare. Il telefono, attaccato al magnete di fronte al guidatore, squillò. Alessandro allungò la mano per prenderlo e rispondere alla telefonata. In quel frangente, l'auto che lo precedeva ebbe uno sbandamento che di riflesso condizionò Alessandro alla sterzatura in seguito alla quale perse in controllo della macchina e finì fuori strada. L'auto rotolò lateralmente per una decina metri prima di fermarsi davanti ad un tronco d'albero. Ci fu un impatto che mandò fuori sensi il guidatore. Subito dopo nella mente di Alessandro partì una rappresentazione che lui stesso dopo trovò difficile spiegarsi logicamente. Gli sembrava come se assistesse all'inizio di un film di cui lui era contemporaneamente protagonista e spettatore. Non sentiva più il suo corpo e un silenzio dell'anima si sentì illuminato come se fosse stato investito da una sorgente che era di luce ma che produceva qualcosa di simile a un sentimento misto di gioia, dolcezza e sorpresa. Se fosse stato nel letto sarebbe stato il sogno di primo mattino, ma lui era consapevole di essere sveglio e che qualcosa di straordinario era successo. Non riuscì mai a convincersi se quello stato d'essere fosse durato pochi attimi o minuti perché le scene che si alternarono davanti alla sua consapevolezza racchiudeva tutta la vita condotta su quel momento. Assistette a un caleidoscopio di immagini: rivide sé stesso arrabbiato, e furente, senza sapere perché e con chi; i visi dei suoi figli che gli sorridevano; la moglie con lo sguardo chino e triste. Alessandro fu invaso da una energia positiva; da una voglia di rivincita contro le sue debolezze e una incontenibile carica di riscatto per tutte quelle azioni che avrebbe dovuto fare ma che in quei momenti per insufficienza o per immaturità, non le aveva dato la reale importanza.

Dopo un po' di tempo, l'uomo si ridestò, aprì gli occhi e si rese conto che probabilmente doveva aver battuto la testa e poi di essere svenuto. Quella sensazione provata prima, di pioggia di stelle sugli occhi, ora capiva che era conseguenza della rottura dei vetri degli occhiali, schiacciati sugli archi sopraccigliari. Nel riprendere le sue normali facoltà, si ritrovò attorniato di persone che non conosceva, ma tutte intente a far qualcosa nell'adoperarsi per prestare soccorso. Escludendo conseguenze gravi, Alessandro fu trasportato al vicino ospedale per gli accertamenti clinici del caso.

Per fortuna, non ci fu nulla di preoccupante, a parte lo shock subito per quella imperdonabile distrazione. Sarah non seppe nulla di quell'incidente fino quando non fu lo stesso marito a raccontarlo.

Capitolo 15

Le amiche

Era il mese di settembre, le giornate erano ancora calde, Sarah trascorreva le ultime serate estive sdraiata sulla veranda di casa sua a osservare le stelle e a riflettere sul suo passato e immaginarsi come poteva essere la sua vera mamma. Il vento caldo accarezzava i suoi lunghi capelli neri. Pensava come sarebbe stata diversa la sua vita se non fosse stata abbandonata. Immersa in quella calma solitudine, Sarah viaggiava con la fantasia e si nutriva di speranze facendo sogni ad occhi aperti.

A quel tempo, aveva conosciuto un'amica che le faceva compagnia, le allietava le giornate grigie. Margherita, questo era il suo vero nome, ma per tutti era la mitica Mita. Una ragazza piena di energia che amava la vita; aveva una corporatura possente, i suoi modi erano grossolani, bruna di carnagione, con un sorriso smagliante, riusciva a coinvolgere emotivamente e distrarre chiunque costringendo ad abbandonare stati malinconici. Spesso, le due amiche trascorrevano insieme intere serate. Lei era proprietaria di un bar la cui gestione era affidata al marito. Insieme, vissero momenti di allegria all'insegna della spensieratezza.

Sarah usciva spesso con Margherita, insieme si spostavano in auto per raggiungere un grande parco dove lasciavano liberi di giocare i loro figli; lì si trattenevano fino all'imbrunire, parlando con le tante amiche con che regolarmente si ritrovavano.

Era facile che nei suoi discorsi entrassero i suoi sogni. Chissà quante volte Margherita ha dovuto recuperarla dagli stati di tristezza dove inevitabilmente finiva quando si parlava della sua adozione. Una sera, forse favorita da un cielo stellato e spinta dal desiderio di trovare risposte ai suoi antichi dubbi, Sarah domandò: "Mita, tu credi che il cielo abbia una fine?"

Un po' sorpresa l'amica rispose: "Sarah, mi poni una domanda difficile da rispondere! Perché mi chiedi questo?"

"Perché se il cielo dovesse essere infinito, mi chiedo dove vanno le anime quando la nostra vita termina."

Margherita, cercando di riportare alla concretezza la mente trasognante di Sarah, cercò subito di ironizzare: "Non ti sembra inutile saperlo subito? Quando finiremo di vivere senza grandi sforzi conosceremo questo segreto!".

La vera questione che si voleva sollevare era un'altra: "Dimmi ancora, come ti sei sentita quando tua madre è morta?"

Margherita si fece più seria: "Sono passati molti anni, ma il dolore di quella perdita è ancora vivo. La mia mamma era uno spettacolo nell'unirsi ai miei problemi e nella gioia di tenermi con sé. Da lei ho ereditato la mia spensieratezza e il non arrendermi mai davanti a qualsiasi ostacolo che incontro. Quando lei è salita in cielo il mio cuore si è svuotato di qualcosa; porto con una mancanza che nessuno potrebbe riempire."

Sarah ascoltava attentamente mentre la sua sensibilità generava emozioni e componeva una possibile immagine della sua mamma. Poi lentamente, come se non volesse farsi sentire, disse:
"Non trovo parole giuste per esprimere quel senso di mancanza che mi coglie quando, pur sapendo di aver avuto una mamma, mi rendo conto che non posso neanche soffrire per la sua morte. Un evento così triste e doloroso che mi appare come privilegio pensarlo vissuto da altri. Io non conosco mia madre; per lei io non esisto e non ho neanche il diritto di piangere per la sua assenza."

Margherita capì il fine della sua prima domanda. Abbandonando il suo famoso umorismo, cercò di consolarla: "Sarah, nessuna mamma rinnega il proprio figlio. Se ti ha lasciata in adozione, un motivo serio doveva per forza averlo. Non è facile anche per la più cattiva delle mamme abbandonare la propria tenerissima creatura soltanto dopo poche ore dalla nascita."

La commozione di Sarah liberò una lacrima che subito fu asciugata con il dorso della mano e poi riprese: "Continuo a chiedermi perché non si è preoccupata di cercarmi? Non ha avuto quella necessità interiore di sapere se sua figlia vive, se è felice, se non le manca nulla? Non posso credere che sia così dura di cuore fino al punto da non avere queste spinte d'amore verso la propria figlia."

Margherita intuì che questo tema avrebbe soltanto agitato sofferenza e provò a distrarre la sua amica: "Sarah non ti tormentare. Tu non puoi conoscere le reali condizioni per le quali il tuo abbandono è stato messo in atto. Sono sicuro che un giorno qualcosa succederà e avrai tutte le risposte che cerchi. Ora, ti prego abbandoniamo questi pensieri e cerchiamo di comprarci un bel gelato con tanta panna! Almeno questo tipo di dolcezza nessuno potrà privarcela!"
La risata di margherita contagiò Sarah che accolse l'invito mostrando il suo solito mezzo sorriso.

Del gruppo di amiche faceva parte anche Tonia; una donna anch'essa sfortunata, condannata da una inesorabile malattia che la debilitava progressivamente nel tempo; aveva un figlio di nove anni, avuto con un uomo che appena aveva saputo della malattia l'aveva abbandonata. Tonia era sostenuta da suo padre che con generosità cercava di nascondere la gravità della malattia. Le insistenze del padre amorevole avevano convinto la figlia a sottoporsi ad un rischioso intervento chirurgico dal quale si ottenne il beneficio di ridurre la progressione della infame malattia. Il tempo trascorso con le amiche le impediva di pensare alla sua condizione. Chi non sapeva nulla del suo stato precario sia fisico sia psicologico, non poteva in nessuno modo immaginare le la triste storia. Tonia, nonostante tutto, appariva agli occhi di tutti come una donna vivace, senza problemi, capace di relazionarsi con disinvoltura con tutti e senza far mistero della sua situazione sentimentale. Le tre amiche, accomunate dalla voglia di distrarsi, trascorrevano molto tempo insieme, conversando e passeggiando nei viottoli dell'area verde comunale. Il chiasso dei bambini dava cornice al quadro della loro amicizia e un filo di serenità al loro animo.

Capitolo 16

Alla ricerca delle origini

In uno dei momenti di sereno colloquio, Sarah rivelò a suo marito un desiderio represso da molti anni. Desiderava conoscere i suoi genitori biologici. Sapeva che con il trascorrere del tempo, la possibilità di ritrovarli ancora viventi si riduceva. Tutto questo le creava un'ansia interiore che emergeva nei momenti di solitudine, quando pensava al passato e alle sue origini. Di questa sofferenza, lei non ne aveva mai fatto cenno ai suoi genitori adottivi. Temeva di ledere loro sensibilità ed eventualmente, mettere sotto accusa la loro funzione. Con Alessandro, non correva questi rischi e quindi si confidò. Lui la ascoltò attentamente e la incoraggiò nel suo proposito. Era pronto a sostenerla con il suo aiuto in qualunque iniziativa.

Così, Sarah, rivolgendosi al marito in piena fiducia, domandò:
"È passato molto tempo dalla mia adozione. La mia famiglia d'origine è in Lombardia. Come potremmo informarci?"
"Innanzitutto, servirà visitare quei luoghi e poi chiedere alla gente del luogo." Rispose Alessandro.

Sarah, anticipando con l'immaginazione ciò che avrebbe voluto fare, propose: "Perché non ci compriamo un camper? Saremmo liberi di girare l'Italia senza spendere tanti soldi e nello stesso momento dedicare il tempo necessario alla ricerca."
Il marito sembrò apprezzare l'idea:
"Sì, Sarah! Possiamo organizzarci per le prossime ferie."

Poi aggiunse: "Sarebbe opportuno anche incaricare un legale che conduca per noi una prima indagine. Con il suo aiuto potremo avere anticipatamente informazioni più precise su dove andare e a chi rivolgerci."

Entusiasta per l'approvazione ottenuta da suo marito, Sarah provò l'ansia di chi si appresta alla scoperta di nuovi orizzonti.

L'estate successiva erano pronti per intraprendere il viaggio. Di buon mattino partirono in direzione di Mortara. Sarah era nata e poi abbandonata nell'ospedale di quel paese. L'avvocato incaricato dell'indagine preparatoria, al termine delle sue ricerche aveva informato la coppia che il caso era abbastanza delicato. Rivelò, comunque, un particolare interessante. Rivolgendosi a Sarah, disse: "Signora Ansaldi, i suoi genitori biologici sono originari di Milano e portano il cognome Frizzani. Sono riuscito a sapere che la sua mamma, al momento della sua nascita, è stata costretta ad abbandonarla per motivi etici. I pregiudizi di quel tempo non consentivano per nessuna ragione di accettare gravidanze originate da relazioni fuori dal matrimonio. Un episodio del genere creava disonore nella famiglia e obbligava il capofamiglia a non riconoscere il nascituro. In aggiunta, Il signor Frizzani, marito di sua madre, ha prodotto un documento legale, sottoscritto anche dalla moglie, mediante il quale vieta a chiunque di rivelare la loro identità e il domicilio fino a quando loro sono in vita. Pertanto, non potuto fare null'altro."
Sarah restò sbigottita, ma dopo un po' chiese: "Penso che non esista nessun divieto di passeggiare per quei luoghi?".
"Certamente! Si è liberi di andare dove si vuole! Purtroppo, non potete rivolgervi alla pubblica amministrazione per ottenere le informazioni che vi servono."
"I miei genitori adottivi mi hanno riferito dei nomi di alcune persone dell'ospedale di Mortara che hanno assistito al parto e che poi hanno seguito la procedura di affidamento all'orfanotrofio. Potrei rintracciare loro per saperne un po' di più?" domandò ancora, Sarah.
"Se queste persone sono ancora vive e ricordano l'evento della nascita, non vedo nessun ostacolo di natura legale. Ciò che non potreste assolutamente fare è contattare o peggio, visitare i

genitori veri qualora riusciste a scoprire chi sono e dove abitano."
Chiarì, l'avvocato.

"Non capisco il motivo per cui dopo essere stata abbandonata, sarei costretta anche a rinunciare di ritrovare chi mi ha fatto nascere." Si lamentò, Sarah.

"Si tratta di una dichiarazione simile a quella testamentaria, dove si esprime liberamente la volontà di mantenere il rigido anonimato con la garanzia della legge dello Stato." Precisò, l'avvocato.

"Una legge che garantisce l'anonimato a genitori che abbandonano i loro figli e poi, da adulti, vieta loro di incontrarli, penso che sia disumana!" Disse Sarah, sconsolata.

"Capisco quanto questo possa turbarla. In questo caso, la legge non riconosce l'importanza dei sentimenti."

Terminò così il colloquio con il legale. Sarah, però, non rinunciò a visitare la terra dei suoi genitori e neanche a condurre una piccola indagine privata. Infatti, quando fu sul luogo, non curandosi delle avvertenze del suo legale, si presentò all'ufficio anagrafe del comune di Mortara per richiedere un estratto di nascita. In un primo momento, l'impiegata non trovò nulla in archivio che fosse collegato a Sarah Ansaldi. Soltanto dopo che fu chiarita la sua situazione di essere figlia adottata, fu recuperato il fascicolo riguardante Sarah Frizzani. All'apertura del plico, l'impiegata rivolgendosi a Sarah, in modo intimidatorio, disse: "Lo sa signora che questa sua richiesta deve essere accompagnata da un mandato del giudice?".

Sarah, mostrandosi sorpresa, rispose: "No, di certo!".

L'impiegata, continuò: "I suoi genitori adottivi avrebbero dovuto avvertirla! Lei non può richiedere certificazioni coperte da clausole giudiziarie. Le conviene ritirare la richiesta per non incorrere a conseguenze spiacevoli." Sarah ringraziò per la comprensione accordatale e andò via. I due coniugi si dovettero accontentare nel visitare quei luoghi che probabilmente erano appartenuti alla famiglia Frizzani prima di concedersi una vera vacanza a contatto con la natura e ai piedi delle alpi.

Al ritorno dal viaggio, l'avvocato le spiegò che aveva rischiato tantissimo, presentandosi di persona davanti all'ufficiale di anagrafe comunale. L'impiegata avrebbe potuto protocollare la sua richiesta e dopo, sarebbe partita una denuncia d'ufficio per tentata violazione del segreto istruttorio, per la quale è prevista una pena carceraria fino a due anni.

Sarah si spaventò e si convinse che quell'esigenza interiore di poter conoscere i suoi veri genitori doveva essere repressa ancora per molto tempo. Cercò la sua amica Margherita per raccontarle tutto e forse, anche per confidarsi. Il conforto di un'amica solare qual era lei, la avrebbe aiutata a sopportare quel dolore che nessuno è in grado di capire se non vivendolo di persona. Si recò al bar, dove era sicura di rintracciarla, ma lo trovò chiuso. Le apparve subito strana la situazione. Solitamente, tranne la notte, quel bar era sempre aperto. Pensò di chiamarla al telefono, ma anche questo tentativo andò a vuoto. Non le rimaneva che chiamare Tonia, l'amica comune. Questa volta ebbe risposta: "Pronto, Tonia, sono Sarah. Ho bisogno di un'informazione."

"Ciao, Sarah! Bentornata dalle vacanze, com'è andata? Ti sei divertita?"

"Sì, Tonia, tantissimo. Insieme con mio marito e dentro un camper abbiamo girato tutta la Lombardia, fino a spingerci ai piedi delle Alpi. È stato un viaggio interessante e rilassante."

"Sono contenta per te. Dimmi che cosa vuoi sapere?"

"Sto tentando di mettermi in contatto con Mita; al telefono non risponde, il suo bar sta chiuso; le è successo qualcosa?".

"Purtroppo, sì! Margherita non rispenderà più a nessuno, perché è volata in cielo." Un brivido percorse il corpo di Sarah. Dopo l'inevitabile pausa, tentò di riprendere la conversazione con molta difficoltà.

"Come è stato possibile, in così breve tempo? Che cosa le è successo? Non sembrava avere problemi. Aveva soltanto trentotto anni!" mentre parlava, richiamò nella mente il viso dell'amica e non potette trattenere le lacrime.

"È stato un incidente?" Sarah voleva sapere di più.

"No. Il marito mi ha raccontato che non vedendola di buon mattino al bar, era rientrato in casa per chiederle aiuto nel servizio ai clienti. Invece, l'ha ritrovata nel letto spenta per sempre. Il medico che ha certificato la morte ha detto che si è trattato di un aneurisma cerebrale capitato mentre dormiva."

Sarah, visibilmente colpita dalla notizia, si arrese alla fatalità. Non volle continuare quel triste colloquio, non c'era l'umore giusto per parlarle l'esperienza del viaggio con il camper. Salutò l'amica e appena chiuse la telefonata, pianse.

Questo episodio influì sulla coscienza della donna perché lo visse come un altro abbandono. Il destino sembrava volesse perseguitarla. Fortunatamente, allora, Alessandro non le fece mancare il conforto.

Capitolo 17

La vecchiaia di Anna

Sola, seduta davanti alla finestra mentre la pioggia batteva sui vetri, Anna continuava a ricordare il passato. Si immergeva in una specie di sogno che lei comandava in modo vigile. Immaginava la sua Sarah. Ricordava nitidamente il giorno della nascita e quel momento in cui la strinse al petto prima di abbandonarla nelle braccia dell'infermiera. Contava gli anni trascorsi mentre stringeva tra mani non più ferme, quel piccolo braccialetto di gomma rubato dal polso della bambina. Da oltre cinquanta anni, quel minuscolo ricordo, le faceva compagnia. Clara, più volte aveva notato la mamma in quello stato e avrebbe fatto qualsiasi cosa per sollevare il suo spirito. Così, in una di quelle volte, prese coraggio e le chiese di raccontare del suo doloroso vissuto. Voleva conoscere i dettagli della storia, sapere di più della sorella abbandonata in ospedale. Il padre aveva vietato di parlarne in famiglia. Clara però insistette per conoscere la verità su quella triste parentesi di vita dei suoi genitori e senza esitazione domandò:

"Mamma, quando sei sola ti vedo alcune volte pensierosa. Che cosa ti rende triste? Riguarda il passato?"

"Clara, capita a tutti di ricordare il passato nei momenti di solitudine ed è inevitabile rivivere alcuni momenti poco piacevoli."

"Conosco vagamente ciò che è accaduto tra te e papà. Quantunque la storia possa essere imbarazzante per voi, io ho il diritto di sapere il trascorso dei miei genitori. D'altronde, è passato molto tempo ed è giusto che si ponga fine a questo mistero. Ti prego, mamma, raccontami di mia sorella. Com'era?"

"Non ho nessun timore di dirti tutto. Ormai la mia vita è sul tratto finale. Ciò che mi frena è l'idea di risvegliare ancora dolore nell'animo di tuo padre." Ammise Anna.

"Non diremo nulla a papà, ma concedimi di comprendere la tua angoscia."

"Sarah, era molto piccola quando la presi sul mio petto. Un esserino così esile e fragile che temevo di farle male cercando di stringerla a me. Il medico sapeva che avrei dovuto non riconoscerla e con senso umano lasciò che io la tenessi ancora per un po' con me e che l'accarezzassi sfiorando con le dita il corpicino delicato. Aveva occhietti a mezza luna fissi su di me."

L'emozione cominciò a pervadere la serenità della donna, ma si fece forza e continuò.

"Chissà come sarà ora; a chi assomiglierà? Soprattutto, sarà felice? Non so cosa darei per vederla anche per pochi attimi!"

Clara, commossa dal sentimento della mamma, chiese: "Mamma, perché non cerchiamo di ritracciarla? Sarebbe meraviglioso per me scoprire una sorella."

"Tuo padre ne soffrirebbe. Ha impiegato tanto tempo per rimuovere dalla sua coscienza la rabbia e la delusione che la mia condotta sollevò. Lui è un uomo buono e non merita altri dispiaceri."

"Sei sicura di ciò che dici? È passato tanto tempo; papà per amor tuo potrebbe avere un'idea diversa, ora. Perché non gli accenni del tuo e mio desiderio?" suggerì Clara.

"Non credo lui possa dimenticare quella vicenda come se nulla fosse accaduto. Tuo padre fu ferito nel suo orgoglio e la sua irritazione fu così profonda che nel momento dell'abbandono della bambina, con una scrittura legale le proibì di cercarci o tentare qualunque contatto con noi."

"Mamma, non ti sembra disumano?" disse Clara, sbigottita.

"Ti ricordo, figlia mia, che questi fatti sono vecchi di cinquant'anni. A quei tempi, tradire il proprio marito era il peggio che una donna potesse fare. Quindi, è comprensibile perché l'abbia fatto."

"Mamma, mio marito è un avvocato; chiederò a lui cosa si potrebbe fare. Se non troverà nessun impedimento di legge che vieti di cercare una sorella, lo farò io. Papà capirà!" Il tono deciso di Clara suscitò nell'animo di Anna un sentimento misto di speranza e preoccupazione.

Il pensiero dell'anziana donna ripercorreva i tempi della gioventù, il triste epilogo di con Atid, fino all'inaspettata gravidanza; Ricomponeva immagini in vive scene difficili da dimenticare. Ubaldo sapeva benissimo delle ripercussioni psicologiche che quei fatti antichi avevano avuto sulla moglie. Ciononostante, non ne aveva mai fatto nulla per accettare l'errore della moglie e permetterle di rimarginare le ferite. Quel capitolo buio della sua vita matrimoniale doveva scomparire dalle loro coscienze. Da uomo coerente alle proprie idee, non permise nessuna deroga alla decisione iniziale sebbene in cuor suo avrebbe voluto aiutare la moglie e concederle qualcosa che andasse oltre il divieto posto dall'amor proprio.

Capitolo 18

L'ultimo ritorno di Atid

Ubaldo, nonostante avesse superato da qualche anno i settanta, continuava a interessarsi dell'azienda. Collaborava con suo genero Fabio e i suoi due nipoti, Diego e Dario, a portare avanti la gestione di cui lui non era più titolare. La sua presenza attiva in azienda era il modo per mantenersi vivo e aggiornato su tutto ciò che succedeva nel suo territorio.

Un giorno, fermandosi all'uscita di un bar, un anziano signore di carnagione scura gli si avvicinò e con molta titubanza gli rivolse la parola: "Signor Frizzani, le posso parlare per qualche minuto?".

L'uomo vestiva male e se non fosse per il tono di voce chiaro e dignitoso, lo avrebbe definito un barbone. La folta barba incolta occupava quasi per intero il suo viso e ciò rendeva difficile l'identificazione. Ubaldo, un po' infastidito, avrebbe voluto evitarlo ma il deciso approccio dello sconosciuto gli impose di rispondere: "La conosco?"

"Credo di sì, signore! Ho lavorato per lei molti anni fa." Dicendo così, l'uomo cercò di mettere più in luce la sua figura. Ubaldo, come fulminato da quella presenza, riconobbe il suo vecchio servitore Atid.

Lo stile di un uomo che aveva comandato una azienda, preseduto a innumerevoli incontri, partecipato ad assemblee anche politiche, non poteva che rispondere civilmente a quell'invito.

"Sono sorpreso ti rivederti dopo tanti anni! Vieni, entriamo nel bar, così possiamo parlare davanti a un buon caffè."

Atid non avrebbe potuto mai prevedere una reazione così tranquilla dall'uomo che anni prima lo aveva cacciato furiosamente e intimato di non farsi più vedere.

Seduti intorno al tavolo, i due anziani iniziarono a parlare. Ubaldo abbandonò il suo modo di essere padrone e dirigente e Atid mantenne quel suo essere sempre gentile ed educato. Trascorsero insieme oltre due ore; si raccontarono di loro e come la vita li aveva cambiati, maturati e riuniti in quel bar. Atid seppe della figlia, dell'abbandono e dei dolori della moglie. Capì anche dell'amore che il suo ex-padrone burbero coltivava nel cuore e quanta recriminazione lo aveva consumato prima di sconfiggere l'amor proprio. Allo stesso modo, il tempo aveva cambiato sé stesso; quel ragazzo di allora, pieno di entusiasmo e felice della vita che conduceva, poi trasformatosi in un relitto umano, non aveva più nulla in cui sperare; già da molto aveva preso atto della propria disfatta, di aver rinunciato per sempre a combattere per il suo cuore. Con questo spirito confessò i suoi sentimenti.

"Ubaldo, io sono un uomo solo e non ti chiedo nulla. Ho voluto incontrarti per chiederti perdono.

Non ho potuto farlo prima per i motivi che puoi immaginare. Questo pensiero è stato un tarlo che mi ha consumato per lungo tempo e ora finalmente posso liberarmene.

Sono felice si sapere che Anna stia bene e che vive ancora con te e che avete avuto una vostra figlia. Voglio che tu sappia che ti sono grato per l'aiuto e le opportunità che da giovane mi hai dato e alle quali non sono riuscito a dare una risposta generosa come la tua." Ubaldo non rispose alle parole sommesse di Atid. L'emozione sopraggiunta per quanto aveva ascoltato non suggeriva parole degne di essere pronunciate. Dopo qualche attimo, sorprendentemente domandò: "Vuoi venire a casa? Pranzeremo insieme e continuerai a raccontare di te. Sono sicuro che ad Anna le faresti una enorme sorpresa ed io riparerei, per quello che fosse possibile, la durezza che allora usai nei suoi confronti." Propose Ubaldo.

"Sei infinitamente gentile amico mio, ma non posso accettare. Non voglio rivedere Anna; mi piace ricordarla nei suoi vent'anni. L'importante è che io abbia saputo che vive bene con te. Inoltre, non posso rischiare di toglierle la serenità acquisita dopo tanto dolore. Nonostante tutto quello che si possa pensare, tu sei stato il suo miglior compagno di vita ed è giusto che veda in te il vero amore. Che sia dato onore al tuo animo! Ringrazio la tua disponibilità a volermi parlare e a donarmi quella pace interiore che inseguo ormai da tanto tempo." Rispondendo in questo modo, Atid sacrificò il suo ultimo desiderio tenuto sempre vivo dalla speranza: rivedere Anna. Era questo il debito che doveva pagare al suo vecchio padrone. Ubaldo desiderava comunque prodigarsi per il suo vecchio aiutante e riprese: "Posso fare qualcosa per te? Hai bisogno di aiuto o di denaro?"

"Ringrazio la tua generosità, Ubaldo. La vita mi ha temprato; il poco che possiedo è quanto mi basta per ringraziare il mio Dio. Porto con me un solo rammarico: non aver conosciuto mia figlia." La tristezza si fece evidente sul volto di Atid.

"Passo aiutarti se vuoi rivederla. Ho tutta la documentazione utile per cercarla." Assicurò Ubaldo.

"É vero?" domandò incredulo Atid.

"Certo che sì! Parlerò con Anna, attiverò i miei avvocati e chissà se riusciamo a ritrovarla velocemente."

"Il cielo ti benedica! Non immagini la gioia che mi dai."

"Atid, dammi il tempo necessario per raccogliere la documentazione e rivediamoci qui fra una settimana; ti consegnerò tutto ciò che è in mio possesso e ti riferirò ogni cosa."

Il silenzio che seguì diede tacito assenso alla promessa di Ubaldo. Prima di separarsi e di proseguire ognuno per il proprio destino, i due uomini si abbracciarono e si scambiarono quello che stava per essere il loro ultimo saluto. Qualche giorno dopo, un fatto di cronaca apparve sul giornale locale: "Uno straniero senza fissa dimora è stato trovato esamine ai bordi della strada provinciale. Un probabile malore potrebbe essere stata la causa dell'investimento. La polizia sta indagando sull'identità della vittima." Era Atid, poiché all'appuntamento con Ubaldo non si presentò mai! Aveva così concluso la sua esistenza terrena.

Anna non seppe mai di questo incontro perché il marito volle evitarle qualunque sofferenza e comunque non permise di riaprire nella coscienza della moglie quell'antico capitolo che aveva messo in crisi la sua storia d'amore.

Capitolo 19

La malattia di Anna

Il tempo scorre e il destino svela i suoi piani. Era già da un po' di tempo che Anna aveva perso quel brio giovanile. L'essere madre e moglie le aveva portato consapevolezza dei suoi ruoli e rassegnazione per ciò che il passato era stato. Tuttavia l'età che avanzava ravvivava le sue antiche ansie e ancor di più, le riportava insistentemente il pensiero della sua piccola Sarah. Tentava di nascondere questi bagliori infelici distraendosi con le piccole faccende di casa o interessandosi dei suoi nipoti. In qualità di nonna e zia, lei era una presenza irrinunciabile nella famiglia allargata dei Frizzani.

Un mattino, Anna, sebbene si fosse svegliata presto, si attardò ad alzarsi da letto, accusava una inspiegabile debolezza e un abbassamento della voce. Ubaldo non diede molta importanza allo stato della moglie; pensò che quei sintomi fossero dovuti a una temporanea indisposizione fisica. Non voleva assolutamente collegare quei sintomi alla terribile malattia che nel marzo 2020 terrorizzava la Lombardia. Attese che rientrasse Clara dal lavoro per farla visitare. Sua figlia si era laureata in medicina e chirurgia e da stimato medico lavorava in una clinica privata dove ricopriva l'incarico di aiuto primario. In quel periodo, a causa della grande diffusione della malattia virale, era sovraccarica di lavoro.

Verso mezzogiorno, Anna mostrò segni di ripresa e ciò convinse Ubaldo a non disturbare la figlia mentre era al lavoro. Contro ogni previsione, durante la notte la situazione peggiorò, Anna iniziò a tossire e ad accusare difficoltà respiratorie. A quel punto Ubaldo non ebbe più incertezze. Chiamò la figlia per telefono e le chiese di precipitarsi a casa sua: sua madre non stava bene.

La malattia che falciava vittime in quel periodo si chiamava coronavirus COVID-19. Non esisteva un trattamento specifico e non erano disponibili vaccini per proteggersi. Il trattamento si basava soltanto sulla cura dei sintomi del paziente. L'aspetto più terribile della malattia riguardava la sua alta contagiosità. Per questo motivo in Italia era stata dichiarata emergenza sanitaria nazionale. Il governo, con appositi decreti di legge, aveva imposto la chiusura scuole, università, attività commerciali, ristretto spostamenti di persone e istituito ampie zone di quarantene. La Lombardia rappresentò il focolaio del virus e da qui il contagio si diffuse per tutta la nazione varcando anche i confini. L'Europa intera fu interessata dalla calamità e l'Italia pagò un prezzo molto alto in termini di vittime di vittime stroncate.

In questo contesto ambientale, i sintomi di Anna lasciavano pensare al peggio. Con l'intervento immediato di Clara, Anna si sottopose a tutti gli accertamenti del caso. Purtroppo, non servì attendere l'esito poiché la malattia ebbe un decorso rapido e le condizioni cliniche peggiorarono fino a condurre il paziente in rianimazione. Clara, con sommo dolore, dovette ammettere a sé stessa che la situazione era sul punto di trasformarsi in tragedia. Confessò il suo pensiero al padre e nel contempo annunciava che quel terribile male poteva nascondersi nella sua famiglia. Chiese e con l'autorità del medico, impose a tutta la famiglia una rigida quarantena come forma cautelare alle sue preoccupazioni.

Un orribile disegno era stato preparato per Ubaldo: stava perdendo la moglie e non gli era concesso di assisterla e darle sollievo negli ultimi minuti di vita. Isolato nel suo appartamento, rasentò la pazzia. Aveva avuto tutto dalla vita, benessere, onori, rispetto ma la gioia di una sereno, profondo amore per la moglie era sempre stato minato da dubbi, paure e malinconie mai risolte.

Avrebbe voluto dimostrarle tutto il suo affetto nelle forme più evidenti, ma il suo carattere riservato, burbero gli aveva posto grandi ostacoli. Ora, non aveva più tempo per farlo. Chiuso nel suo sconforto non gli rimase che imprecare contro sé stesso, contro il suo egoismo, la sua mania dell'onore, la smania del grande direttore d'azienda, il suo stupido perbenismo. Stava perdendo la parte più dolce, lo spirito più tenero della sua vita e non poteva farci nulla. Quel maledetto virus gli stava sbattendo in faccia l'alterigia che non aveva mai mollato. In quegli istanti promise a sé stesso che se il cielo avesse salvato la moglie le avrebbe permesso di ricongiungersi con la figlia abbandonata e mai da lei dimenticata.

Qualche giorno dopo, Dio si riprese l'anima di Anna. Andò via serenamente, da sola, senza il conforto di nessuno. Il suo carattere tranquillo lo conservò fino all'ultimo momento. Forse, Atid la stava aspettando. Insieme ripresero quel cammino interrotto oltre cinquanta anni prima.

Capitolo 20

Alla ricerca di Sarah

Un paio di mesi dopo la morte di Anna, Ubaldo non era più quell'integerrimo dirigente d'azienda, quel preciso distinto signore d'un tempo. Il dolore per la perdita della moglie aveva accelerato il decorso della vecchiaia e se non fosse stato per l'amore della sua famiglia e per la promessa fatta a sé stesso in voto alla mancata guarigione della moglie, non avrebbe avuto motivo per continuare a vivere.

Intanto, l'epidemia aveva colpito anche le regioni del sud Italia e tutta la nazione contava morti e disastri economici. Il governo impose misure drastiche volte a fermare la diffusione del virus. Furono bloccate tutte le attività sociali e commerciali imponendo per decreto legge la quarantena in casa a tutti gli italiani. L'ente di protezione civile divulgava notizie preoccupanti: numero di morti, nuovi contagiati, numero di malati in terapia intensiva. Stava succedendo qualcosa mai accaduto prima. Fortunatamente, i provvedimenti adottati dal governo produssero i risultati sperati; il flagello si indebolì e lentamente si ritornò a una cauta normalità. Clara attraversò un durissimo periodo di vita; alla dolorosissima tragedia famigliare si aggiunse quella ben più ampia del suo lavoro. La carenza di medici e di strutture sanitarie nel sud Italia toccò la sua generosità e si offrì volontaria prestando servizi e sostenendo gli ammalati di un piccolo ospedale pugliese. La scelta di volontariato in Puglia non fu casuale. Le informazioni procurate dal marito in merito alla ricerca della sorella, la portarono nel piccolo centro dove viveva Sarah. Conosceva i nomi dei genitori adottivi ma non la residenza. Attese che il suo lavoro si alleggerisse prima di dedicarsi ad una indagine più meticolosa.

Il generoso medico non lesinava parole di conforto con i suoi pazienti poiché vedeva in loro le pene vissute dalla madre. Con una delle sue pazienti stabilì un rapporto particolare. Il suo nome era Tonia; una donna poco più grande di lei. Le raccontò l'intera sua storia, iniziata con la disgregazione della famiglia e giunta fino al momento in cui seppe di avere un tumore. Da allora la sfortunata donna iniziò la battaglia per la vita. Nel periodo in cui Clara si adoperava come volontaria, Tonia si trovava in ospedale per curare la complicanza sopraggiunta con la diffusione del virus nella sua zona. Tonia aveva convissuto con il suo male sin dai tempi delle scuole superiori. Più volte fu dichiarata guarita e altrettante volte ci furono ricadute. Continuava a vivere rubando ogni istante alla morte, ma era anche consapevole che prima o poi sarebbe finita. Il suo spirito apparentemente allegro giungeva al giudizio di chi non la conosceva come effetto di una forma estrema di incoscienza. Tonia era anche una cara amica di Sarah. Ecco come il destino o chi per lui, si veste da stratega e finalizza trame impossibili da ipotizzare fino a quando non diventano eventi reali.

La peste del 2020 aveva già fatto migliaia di vittime in pochi mesi e non risparmiò la povera Tonia. Purtroppo, anche per lei, le complicanze cliniche la portarono alla morte. Prima di giungere al suo punto finale, la paziente aveva scritto una memoria da destinare ai suoi parenti e amici. Il suo testamento morale fu affidato a Clara con la preghiera di consegnarlo ai destinatari qualora il suo destino fosse stato segnato.

Il momento triste giunse e Clara esaudì il desiderio della sua paziente e amica. Occorre sapere che le morti causate dal COVID-19 erano eventi che si consumavano in solitudine in ordine a un rigido protocollo burocratico. Le salme venivano trasportate presso il centro di cremazione senza la necessità del consenso dei parenti. La pericolosità del virus non ammetteva deroghe di nessun genere a tali disposizioni. Questo preventivabile epilogo induceva i pazienti ancora in grado di esercitare le proprie facoltà di affidare ai medici o infermieri gli ultimi raccomandazioni o saluti destinati i propri parenti. Il medico con senso umanitario si ritrovava ad assumere un ruolo sostitutivo dei parenti. Tonia non aveva una grande famiglia. Si era sposata, ma il marito appena seppe della sua malattia andò via di casa e non ne fece più ritorno. Aveva soltanto una sorella nubile, Franca, impegnata in una casa di riposo per anziani e debilitati. La madre era morta poco tempo dopo lo sfacelo della famiglia e il padre si era da tempo stabilito in un'altra regione dell'Italia, abbandonando le figlie al loro destino. Tonia e Franca erano state adottate, scelte in un orfanotrofio di bambini senza genitori. Nate da genitori biologici diversi, si era creato tra loro un legame viscerale quasi di simbiosi. Il loro genitori adottivi si erano incontrati e uniti in modo inusuale. Il padre era un piccolo imprenditore dell'edilizia che aveva raggiunto un'agiata posizione sociale mentre la madre era una ex-suora innamoratosi per caso dell'uomo che la circuì durante alcuni lavori di restauro svolti presso il monastero. La loro vita matrimoniale durò fino al raggiungimento della maggior età delle due sorelle. Dopo, iniziò un calvario di litigi e incomprensioni nate da una relazione proibita che l'uomo intraprese con una donna straniera molto più giovane di lui. Le conseguenze finali furono il disastro economico e la fuga dell'uomo. Tonia si era legata in profonda amicizia con Sarah. Il loro rapporto si era solidificato perché condividevano la solitudine e l'esperienza dell'adozione. Proprio per questo motivo, aveva destinato una delle due lettere di commiato alla cara amica Sarah.

Per dar seguito alla volontà di Tonia, Clara convocò nel suo studio medico Sarah, informandola anticipatamente sul motivo della convocazione. Quella fu l'occasione che pose di fronte due sorelle inconsapevoli di esserlo. Clara stava cercando la sua sorellastra e non sapeva di averla trovata.

Nel giorno dell'incontro si aprì il colloquio che sconvolse le due anime. "Signora Ansaldi, credo che sappia il motivo per cui è stata convocata" Sarah annuì. Il carattere timoroso le chiudeva la bocca e succedeva sempre così quando si trovava davanti a una autorità o persona importante.

"Le devo consegnare questo documento di cui la signora Tonia Alletti mi ha affidato. Lei sa che non ha potuto ricevere nessun parente durante la degenza ospedaliera. Come atto di misericordia e in ossequio al suo desiderio mi sono preso questo compito. Ho avuto modo di parlare con lei e ho compreso quanto ci tenesse affinché le sue ultime parole giungessero a voi." La dottoressa, col pensiero portato agli ultimi momenti di Tonia, diede pausa al suo discorso, così Sarah si diede coraggio e disse: "La ringrazio di cuore, dottoressa, per la sua comprensione. Tonia è stata una amica da quando eravamo ragazze e ho vissuto con lei la sua storia. Ci univa la comune storia dell'adozione e la sfortuna di non essere riusciti a formare una famiglia nello spirito di comunione di intenti e in clima d'amore." Sarah sorrise per scrollarsi un po' di tensione e rendere meno drammatiche le sue parole.

"Purtroppo, non scegliamo noi di farci carico delle sfortune ma se ci capitano, non dobbiamo arrenderci; dobbiamo trovare gli stimoli giusti e le forze sufficienti per superarle." Continuò Clara.

"Dottoressa, so che il suo tempo è prezioso, mi lasci approfittare della sua gentilezza per chiederle come ha vissuto ultimi momenti la mia amica Tonia. Ha sofferto?" – "La morte può cogliere all'improvviso, come nel caso di un infarto fulminante o di un incidente stradale, ma ci sono malattie che portano le persone a spegnersi lentamente, spesso tra grandi sofferenze. Ed in questi casi i pazienti sono coscienti che la loro vita sta volgendo al termine. Noi immaginiamo che questi siano momenti di tristezza e paura. Ma in realtà si è meno triste e più felici di quanto si possa immaginare. Tonia, prima di perdere la consapevolezza, era serena mi raccomandava di vivere la mia intensamente, di dedicarmi ai miei affetti, di occuparmi di qualsiasi cosa che mi renda felice. Sono momenti densi di amore e di significato. Tonia non temeva di morire anzi mi raccontava di intravedere il paradiso e lo descriveva come qualcosa di bellissimo." – "Le sue parole mi confortano. Tonia è stata sfortunata e sono sicura che in Paradiso troverà la sua ricompensa."

Sarah rimase colpita dalla sensibilità della dottoressa e ancora di più dall'accento molto diverso dal suo. Lei, nonostante la timidezza iniziale che comunque si stava sciogliendo, si avventurò a farle una domanda confidenziale. Chiedo scusa dottoressa, lei non è delle nostre parti, vero?"

Clara soddisfò immediatamente la curiosità emergente: "Si, sono milanese e lavoro temporaneamente qui." Con queste parole, qualcosa si accese in Sarah e aggiunse: "Per dir la verità, l'avevo intuito ... forse perché anche le mie origini sono milanesi! Le confesso che anch'io sono stata adottata e i miei genitori biologici sono stati appunto milanesi." Sorpresa da questa esternazione, Clara collegò ciò che aveva saputo alla sua situazione famigliare. Una rapida disamina critica mentale le diceva che la donna con la quale parlava aveva l'età giusta per essere sua sorella e una somiglianza impressionante con la madre, così diede seguito alle confidenze di Sarah e disse: "Sto conducendo uno studio sociologico sulle adozioni. Ti piacerebbe raccontarmi delle tue origini e degli effetti che l'adozione ha avuto nella tua crescita o in generale nella tua vita?" - "Certamente! Magari il suo studio potrebbe suggerirmi qualche idea utile per ritrovare i miei genitori." Rispose subito Sarah; poi Clara continuò.

"Ovviamente non ora. Potremo incontrarci in privato, assumendo tutte le precauzioni del caso. La diffusione virale non è ancora completamente terminata e dovremmo tenere la guardia alta. Ho il suo recapito telefonico e lo userò per contattarla appena potrò prendermi una pausa dal mio lavoro. Per ogni evenienza, le lascio anche il mio biglietto da visita."

"Attenderò con ansia la sua chiamata." E poi, prima di uscire dalla stanza, con la lettera di Tonia tra le mani, aggiunse: "Dottoressa, la voglio ringraziare per tutto quello che ha fatto per la povera Tonia. Dio le darà merito." Clara non rispose, sollevò il braccio per salutarla da lontano.

Capitolo 21

Le sorelle ritrovate

Giunta a casa, Sarah, riprese il biglietto da visita dalla sua borsa e leggendo il nome Clara Frizzani, rimase impietrita a pensare. Si trattava dello stesso cognome della famiglia dei suoi genitori biologici! Il pensiero che qualcosa potesse collegare la dottoressa ai suoi genitori si insinuò come un tarlo. Questo spiegava perché la dottoressa era interessata a conoscere le sue origini. Mentre pensava e ripensava tutto il dialogo avuto, il suo corpo era attraversato da brividi e sentì il cuore palpitare. Fu colta da un'ansia emotiva fino al punto che dovette stendersi sul letto per rilassarsi.

Anche Clara fu scossa dalla visita di Sarah. La somiglianza di alcuni lineamenti del suo viso, i lunghi capelli neri come i suoi, le mani scarne e sottili, formavano una catena di indizi che inducevano a pensare che quella donna dovesse avere qualcosa in comune con lei e quindi poteva essere la sorella che stava cercando. Appena fu di ritorno al suo domicilio, cercò la documentazione che il marito aveva raccolto prima della sua partenza verso il sud. Volle rileggersi in dettaglio tutte quelle informazioni per le quali se avessero trovato corrispondenza nelle risposte di Sarah, avrebbero dovuto confermare senza nessun dubbio l'identità della sorella abbandonata in tenera età.

Clara risiedeva temporaneamente in un appartamentino non molto lontano dall'ospedale dove prestava servizio. Attese qualche giorno prima di contattare Sarah e alla prima domenica mattina libera fissò l'incontro. Nella telefonata le ricordò di portare di portare con sé qualunque documentazione che avvalorasse il suo racconto.

Puntuale all'ora concordata dell'appuntamento, Sarah si presentò alla residenza della dottoressa. Portò con sé la documentazione che il suo avvocato qualche anno prima le aveva preparato. Un sentimento misto di ansia e imbarazzo la accompagnava prima che la porta dell'appartamento si aprisse. Un attimo dopo, mascherando la sua timidezza con una apparente disinvoltura, fu accolta in casa e dopo i convenevoli le due donne iniziarono a parlare.

Con una agenda davanti, fingendo veramente di essere interessata al caso di Sarah per motivi giornalistici, Clara introdusse il discorso.

"Le storie delle adozioni mi hanno sempre interessato per cui è un piacere per me poter ascoltare dalla viva voce dei protagonisti le vicende e i sentimenti che li hanno coinvolti."

"Sono, comunque, spesso storie tristi, dottoressa."

"Credo che possiamo darci del tu, anzi ti prego di chiamarmi Clara! Qui non siamo in ospedale e perciò lasciamo perdere le formalità." Cercò subito di mettere a suo agio Sarah poiché aveva notato una certa rigidità del suo essere.

"É soltanto una timidezza iniziale, Clara! Per fortuna dopo un po' passa tutto e forse divento fin troppo confidenziale." Assicurò Sarah.

"Bene! Inizia quando vuoi. Sono pronta ad ascoltarti."

"La mia storia è molto triste; cominciata con la tardiva adozione e la successiva parentesi adolescenziale, si è poi sviluppata alternando brevi periodi di tranquillità ad altri vissuti con dolorose esperienze. Perseguitata da un senso di abbandono e da una forte esigenza di amore, ho commesso errori, ho fatto scelte che in armonia con me stessa non avrei mai fatto. Il senso di solitudine che porto con me sino da bambina, mi ha prodotto frustrazioni che mi hanno resa debole e indecisa nel superare le difficoltà della vita. Tutto questo mi costringeva a cercar ripari negli affetti veri che ho trovato soltanto in mio marito. Ho dato molta fiducia al prossimo, dal quale ho regolarmente ricavato delusioni. Questo antico dolore e il confronto con uomini dal carattere forte, dominante e per certi versi, irrispettoso verso il genere femminile, ha influito sulla mia maturazione producendo effetti negativi sulla formazione del mio carattere. So di essere remissiva, paurosa, incerta.

Nascondo queste debolezze dietro un'apparente risolutezza e vivacità. Ad oggi, sono sposato, ma ho dovuto superare molte difficoltà prima di raggiungere l'equilibrio attuale. Ho una bella famiglia composta dal marito, tre figli e una anziana mamma adottiva." Pensando di aver parlato molto, si fermò per qualche secondo per leggere qualche segnale sul volto di Clara e capire se continuare il suo monologo. Infatti, giunse una domanda: "Che cosa sai della tua famiglia d'origine?" Clara subito puntò alle informazioni che cercava.

Sarah sorrise e continuò: "Non molto, a dir il vero! Conosco il cognome, Frizzani, esattamente come il tuo! Quando e dove sono nata, l'orfanotrofio che mi ha accolta! So che mio padre biologico ha voluto disfarsi di me, ma non conosco il motivo e anche che mia madre è stata costretta ad abbandonarmi pochi giorni dopo la nascita. Subito dopo aver lasciato l'ospedale, sono finita in un istituto per minori in attesa di adozione da dove i miei genitori adottivi mi hanno presa ...".

Mentre Sarah raccontava, Clara non prendeva appunti, era tutta intenta ad ascoltare. Ogni informazione che riceveva aggiungeva credito alle sue supposizioni. La lasciò parlare finché non arrivò a una seconda pausa. Allora, decise di far domande molto precise. Chiese se conosceva alcune date di avvenimenti accaduti nella sua prima infanzia; se poteva riferire esattamente nomi di istituzioni o di persone coinvolte nella vicenda di adozione. Per rispondere alla richiesta, Sarah si avvalse della documentazione che aveva portato con sé. Una rapida visione di quelle carte e l'esatta sovrapposizione delle notizie lette con quelle fornite da suo marito, diede a Clara la certezza che aveva difronte sua sorella!

Tardandosi nel muovere quelle carte sul tavolo, Clara pensava come e se aprirsi completamente a Sarah. Voleva cercare qualche appiglio nella documentazione capace di darle il benché minimo dubbio su ciò che aveva scoperto così da rimandare la decisione in altro momento. Poi, cacciò via ogni incertezza e riprese a parlare: "Sarah, sicuramente non sai che anch'io ho un dramma in famiglia. Mia madre ha abbandonata una figlia appena nata e quella bambina ora mi rendo conto che sei tu!" Si sollevò dalla sedia e le chiese di abbracciarla. Nella stretta commovente, appena udibile, disse: "Tu sei la sorella che sto cercando da tanto tempo!" Sarah per un attimo rimase sconcertata, ma subito dopo domandò, volendo conferma al senso delle parole ascoltate: "Che cosa intendi dire?" - "Sarah tu sei quella bambina che mia madre ha dovuto abbandonare! Sei mia sorella!" Presa dall'emozione Sarah iniziò a piangere. Non ci credeva! Ripeteva più volte le stesse parole: "Sei sicura?" Clara, emozionata anche lei, rispondeva: "Guarda i miei capelli sono come i tuoi! Osserva la mia pelle è chiara come la tua! Anna e Ubaldo Frizzani sono i tuoi e i miei genitori!" – "Non posso crederci! É da una vita che aspettavo questo momento! Dove sono loro, ora? Stanno bene? Posso vederli? Dio mio, rischio di impazzire di gioia!" Sarah era in preda totale delle sue emozioni e Clara cercava di calmarla: "Saprai tutto un po' per volta. Siedi e tranquillizzati. Abbiamo tutto il tempo necessario per continuare a parlare".

Sarah fece come le fu consigliato, ma non potette evitare di continuare a parlare: "Clara, tu non puoi immaginare che gioia sto ricevendo. Dopo una vita di solitudine interiore, ritrovare la mia famiglia d'origine, conoscere mia madre e mio padre è la più grande ricompensa che potessi ricevere. Ti prego, raccontami qualcosa di loro." – "È passato tanto tempo e i nostri genitori non sono eterni. L'epidemia dei mesi scorsi ha colpito nostra madre e ora non è più con noi. Mio padre vive ancora e sebbene non sia stato lui a farti nascere, vuole che tu faccia parte a pieno titolo della nostra famiglia." - "Che significa <<non essere stato lui a farmi nascere>>?" Sarah puntualizzo immediatamente.

"Si tratta di una lunga e dolorosa storia. Posso dirti soltanto che abbiamo la mamma in comune ma non il padre. Un errore giovanile di mamma portò la tua nascita e poi il tuo abbandono. Credo, però, che questo non sia il momento giusto per raccontarti i particolari di quell'accaduto. Ora, concediamoci di gioire per esserci ritrovati."

Visibilmente delusa, Sarah riprese: "Ho ritrovato le mie origini e già mi stai dando un doppio dolore" – "Cara Sarah, noi due siamo due donne grandi e dovremmo avere la consapevolezza che nella vita non va tutto come si vorrebbe; in queste occasioni occorrerebbe la forza per superare le delusioni inevitabili."

- "Avrei tanto voluto conoscere mia madre e mio padre! Mi è mancato tantissimo il vero affetto. Quante volte ho sognato di abbracciare la mia mamma e sentire il suo calore: un bene che mi è stato negato per sempre." – "I genitori adottivi non sono riusciti a mitigare questa necessità?" – "Mio padre adottivo ha fatto quello che ha potuto, ma mia madre, ma non per colpa sua, non è riuscita a dar pace al mio sentimento, anzi a causa dei miei errori giovanili spesso ha infierito sulla mia sensibilità. Il tuo bellissimo invito a far parte della famiglia non sono sicuro di accettarlo. Ora sono radicata qui, in questo piccolo paese e sebbene spiritualmente sento la gioia per le origini ritrovate, ho comunque i miei figli dai quali non mi voglio staccare. E per quanto già detto, nonostante tutto, ho l'obbligo morale di badare alla madre adottiva e non abbandonare mio marito." – "Non c'è nessun bisogno di lasciare tutto; Avremo modo di stare occasionalmente insieme, di preoccuparci reciprocamente per le difficoltà di tutti i giorni e in caso di necessità, non far mancare l'aiuto." – "Sì, Clara, sarà un'altra grande svolta di questa mia esistenza." – "Oggi stesso darò la bella notizia a mio padre e a tutta la famiglia; appena possibile organizzeremo qualcosa per coinvolgere in questa gioia tutti i nostri cari."

Sarah in ritorno verso casa, camminava con la testa fra nuvole, immersa in pensieri in cui la fantasia e la realtà si combinavano per creare scene ed aspettative frutto di auspici. Procedeva con lo sguardo fisso in avanti e con la mente occupata. Era nel suo modo di essere, cioè quello di rimanere assorta nel pensare e ripensare parole dette in momenti molto lontani dalla riflessione. In questo caso però l'impatto era stato sconvolgente. Il contrasto tra il senso di abbandono che l'accompagnava e il rendersi conto di avere una nuova famiglia, non poteva che disorientarla. Tornando a casa aveva bisogno di stare con sé stessa e rielaborare tutto quello che aveva saputo e che l'aveva sconvolta.

Capitolo 22

Le origini ricongiunte

Quando si ha una gioia interiore si fa largo la necessità di condividerla con qualcuno, ma Sarah non aveva nessuno oltre a suo marito in grado di ascoltarla, consigliarla. Così, giunta a casa lo chiamò per telefono mentre era ancora al lavoro: "Alessandro, ho bisogno di parlarti. Ho avuto importanti notizie della mia famiglia d'origine e voglio raccontarti tutto." – "Tranquilla, Sarah, ne riparliamo al mio rientro così mi riferirai tutto con calma." Inseguita da un'agitazione emotiva, Sarah attese l'arrivo del marito con la mente occupata sullo stesso argomento e quando la porta di casa si aprì, si buttò tra le sue braccia e disse: "Alessandro, è successo qualcosa di meraviglioso. Ho conosciuto mia sorella!" – "Davvero? Dimmi tutto, come è avvenuto? Chi è?" Sarah partì con il suo racconto alternando momenti di pianto ad altri gioiosi. Si ritrovava in un turbinio di emozioni che non controllava. Alessandro ascoltò in silenzio, commosso dalla carica emotiva della sua amata e quando ebbe modo di rispondere disse: "Sono felice per te. Ora conosceremo nuovi parenti, ma il fatto più importante è che si attenuerà quel tuo dolore di fondo che ti perseguita da tanto tempo. Potrai conoscere tanti aspetti della vicenda e prendere consapevolezza di tutto ciò che è successo in quella parte buia della tua infanzia.

Fu così che iniziò un nuovo periodo nella vita di Sarah. Si aprì una parentesi inattesa e sorprendente che le avrebbe imposto di scegliere con chiarezza verso quale percorso orientare gli ultimi suoi anni. Aveva Alessandro di cui aveva recuperato un affetto insperato pochi anni prima e che ora diventava il suo riferimento inamovibile. Adesso c'era anche una sorella con la quale voleva stringere quel legame di famiglia d'origine che le mancava. Anche il padre di Clara contribuì al trambusto spirituale. Informato dalla figlia, si propose per offrire il suo sostegno morale ed economico, invitandola a Milano appena le condizioni dell'epidemia lo avessero permesso.

Il destino si apprestava a rivelare qualcosa di inaspettato. L'epidemia ebbe una dura recrudescenza nel sud Italia. Furono bloccati tutti i trasferimenti fuori dal comune della propria residenza. Gli unici permessi erano rilegati all'emergenza o all'inevitabile approvvigionamento di cibo.
In quel periodo Sarah ebbe la sensazione che la civiltà si fosse fermata. Guardando dalla finestra del suo appartamento, assisteva ad una desolazione malinconica. Le sembrava lontano il tempo in cui le vie e le piazze brulicavano di gente indaffarata.

Incantata con lo sguardo puntato su una panchina vuota, colloquiava con sé stessa: "L'essere umano è ridicolo: quando non ci sono problemi si occupa di cose leggere, convinto di avere tempo di vita infinito. Rinvia l'essenziale a momenti indefiniti, preparandosi alle recriminazioni postume. L'atteggiamento si rivela ancora peggiore quando si rimandano anche le dimostrazioni di affetto o le dichiarazioni d'amore. Ci si illude che ci sia sempre tempo per un abbraccio o un sorriso, ma questo tempo quasi sempre non mai nel presente. Conosco sempre molte più persone che considerano stucchevole parlar d'amore o al massimo lo considerano qualcosa di privato, da nascondere agli estranei per non apparire sciocchi o infantili. Purtroppo, ciò che è importante si capisce a fondo soltanto quando ti manca!"

Sarah sentiva il bisogno di parlare con le amiche; le mancavano quelle passeggiate d'un tempo in compagnia di Mita e Tonia e non poteva neanche distrarsi in compagnia delle colleghe di lavoro. Trascorse in questa prigionia quasi due mesi. Durante i quali si inventò passatempi di ogni tipo. Spaziò tra l'arte culinaria e lo sport indoor, ma quando giungeva la notte, l'assenza di sonno le imponeva di pensare e ricordare. Nessun sollievo ricavava nel raccontare sé stessa in un diario segreto e neanche attraverso gli appuntamenti virtuali sui social network con i quali manteneva formali contatti amiche virtuali.

I contatti con Clara li manteneva attraverso il computer connesso a Internet. Non c'era nessun modo per iniziare la conoscenza più profonda dei suoi nuovi parenti. Avrebbe voluto fare chissà quante cose, ma era rilegata in casa costretta dalla pandemia ad allungare ancora il tempo l'attesa per arrivare alla pace del suo animo e lenire il dolore antico dell'abbandono.

Atto finale

Giunse infine il tempo della riconciliazione con le origini, ma per Sarah la serenità del suo essere non arrivò mai. Probabilmente nella sua profonda coscienza qualcosa è rimasto lacerato e non più ricostruibile. Chi doveva aiutarla non ha potuto, non ha avuto la consapevolezza del grande compito da assolvere.

Adottare una bambina non è un semplice atto burocratico da completare nel rispetto delle formalità; si tratta di una promessa d'amore da mantenere e onorare fino al termine dei propri giorni. Sono troppe le trappole che si incontrano nel condurre un percorso educativo e ciò rappresenta per la genitorialità una sfida all'egoismo, da vincere con estrema convinzione. Non bastano le premure materiali che comunque sono importanti, ma serve qualcosa di più, qualcosa da cercare dal profondo del cuore.
Adottare non deve essere la soluzione alla sterilità della coppia e neanche all'appagamento del senso di genitorialità; non deve essere un vantaggio unidirezionale per la coppia, ma una scelta matura, impegnativa e responsabile.

Si va molto cauti quando si coinvolgono sentimenti personali, figuriamoci come dovremmo comportarci quando questi riguardano quelli di una bambina di pochi anni in fase di crescita. Entrando in una nuova famiglia, l'adottato si affida completamente ai nuovi genitori, restando in bilico tra ciò che sta perdendo e ciò che acquisirà. La formazione di un bambino prima e di un adolescente dopo, non è ripetibile per cui ogni errore educativo in quella fase può nascondersi sotto forma di un trauma che condizionerà per sempre la vita da adulti.

Nell'adolescenza di Sarah qualcosa è mancato. Il suo spirito irrequieto ha mostrato debolezze, incertezze e paure.

Sarah non è stata capace di chiedere ciò di cui aveva bisogno; tutto ciò che riceveva era soltanto quello le veniva concesso, senza la valutazione del poco o del tanto.

Le sue mancanze si leggevano nell'atteggiamento remissivo e nel rifugiarsi nella solitudine. Il solo pensiero di affidarsi a qualcuno la terrorizzava. Sentirsi non amata era il sentimento più devastante che provava e di conseguenza, la sua tipica reazione era di estraniarsi dal mondo e chiudersi in un isolamento psicologico. Una delle sue tipiche scene mentali che frequentemente costruiva era quella in cui stando tra la gente, immaginava di chiudersi in un angolo nascosto e osservare la folla, come in un film muto di Charlie Chaplin. Da bambina, Sarah amava "scomparire"; nascondersi in quale posto inaccessibile della casa, salvo ricomparire dopo che sperimentasse che nessuno la cercasse. Questo suo atteggiamento era interpretato dalla mamma come un tipico comportamento di una bambina capricciosa. In realtà, era una richiesta inconsapevole di maggiore attenzione; era una richiesta di prova di quanto lei fosse importante per la sua mamma adottiva; era una domanda di gesto d'amore che non sarebbe stato dissimulato se avesse avuto l'attenzione della sua mamma naturale.

Quando una bambina in crescita, con un grosso carico psicologico sulle spalle determinato dalla "perdita" della mamma naturale, non è sostenuta moralmente, incoraggiata o non è amata per ciò che è ma soltanto se si comporta bene (non fa la "cattiva"), crede di non essere degna amore anche di quello di secondo livello che si aspetta dai genitori adottivi. Da questa assunzione discende il carattere remissivo, introverso, schivo, trasognante di Sarah.

Di seguito, lei si racconta in uno dei suoi sogni ricorrenti:

Da bambina sognavo di volare, dimenticavo i problemi quotidiani e di notte mi trasformavo nella persona che in quel momento volevo essere. Avevo bisogno di sollevarmi dal suolo e godere della panoramica del paese con tutti i suoi abitanti affannati a risolvere i "grandi" problemi dell'esistenza. Mi piaceva ridere di tutti coloro che si mostravano

"importanti", perché dall'alto li rivedevo piccoli, lontani e la cosa più importante, incapaci di poter volare come facevo io.
Ridevo di loro! E urlando, sapendo benissimo che non poteva ascoltarmi, gli rimandavo le stesse parole con cui usavano giudicarmi e auto proclamarsi importanti.
Il fatto che non mi potessero sentire, non era una condizione che favoriva la mia vigliaccheria, ma era la certezza che anche se mi avesse sentito non avrebbe potuto capire il mio sfogo.

Dentro di me, sotto forma di rivalsa, riecheggiavano frasi come:
"Guardami, sono capace di volare!"
"Riesco a fare il tuo impossibile!"
"Senza nessuna difficoltà!"
"Gli uccelli sono miei amici!"
"Posso fare ciò che voglio, anche giocare con il tuo stupore!"

Questo suo sogno è quello del classico del brutto anatroccolo che si sente diverso e poco apprezzato nel gruppo. La scarsa autostima, sancita dagli psicologi, si denota nella forma di una protesta rivolta alla società e verso quale l'adolescente nutriva paura.
Disegni e presentazioni incomprensibili, legati alla durezza della vita e alle battaglie per affermarsi, le avevano tranciato le ali dell'ottimismo, della motivazione, della gioia di scoprire tutti gli aspetti dell'imminente età adulta.
Sarah, nel corso della solitudine i suoi pensieri erano come foglie al vento. Compensava con la fantasia ciò che la realtà le negava.
Non era insolito che avesse dei colloqui immaginari con la mamma naturale. Di seguito si riporta uno dei tanti provati come se fossero stati dialoghi veri:

"SARAH: Mamma, dove sei?

MAMMA: Sarah, ti sento triste. Dimmi, qualcosa ti inquieta?

SARAH: Sono triste per causa tua!

MAMMA: Raccontami, che cosa ti è successo?

Sarah – Il senso dell'abbandono -

SARAH: Mi hai fatto credere di amarmi e poi sei andata via!

MAMMA: Non rimproverami, tu sai che non è così. Probabilmente sei delusa per qualcosa o qualcuno. Forza, sfogati! Dimmi che cosa non va.

SARAH: Mi rattristo vedere associato il tuo nome a parole come "cattiva", "senza cuore", "colei che abbandona/rifiuta i figli" e potrei continuare per molto. Mi hanno insegnato che la mamma non conosce cattiveria, ama profondamente i suoi figli e darebbe la propria vita per loro, ma tu mi hai abbandonata … perché?

MAMMA: Amore mio, non aggiungere altro dolore a ciò che ho provato e continuo a provare da quando ti ho lasciata. Anche se non mi vedi, io sono e sarò per sempre la tua mamma. Portami con te nel tuo cuore, vedrai che sarai meno triste. Custodisci dentro di te la certezza del mio amore che non potrà diminuire o finire mai.

SARAH: Credo di averlo sempre saputo! Tu mi parli continuamente e mi rendi una guerriera frastornata nel mondo degli egoismi e della materialità. Alberghi nel mio cuore, ma continuo a chiedermi perché non posso abbracciarti, non posso stringere le tue mani che saranno come mie. Sai, ti immagino bella con i miei stessi capelli neri e vorrei che tu fossi orgogliosa di me per come ti assomiglio.

MAMMA: Certo che sono orgogliosa di te! Lo sono stata dal tuo primo istante di vita; dal tuo primo respiro tra le mie braccia.

SARAH: Mamma, voglio che tu sappia che per me non è facile vivere con quel senso di mancanza di cui non riesco a liberarmene. Quando sono sola o qualcosa mi turba mi ritrovo assalita da un sentimento che mi riesce difficile anche esternarlo; mi pervade come una specie di persecuzione interna che non posso ignorare. Prego il Signore che qualcosa succeda e che tu mi apparissi all'improvviso. Non sai quante volte ti ho chiamata nella mia stanza vuota.

MAMMA: Non disperare, Sarah. Il tuo dolore è anche il mio. Darei chissà cosa per starti vicino e cancellare ogni tua tristezza. Purtroppo, il nostro vivere non è sempre comandabile dalla nostra volontà. Alcune situazioni impongono scelte dolorose che avremmo voluto evitare, ma che per diversi motivi ci ritroviamo a prenderle. Questo però non deve mettere mai in dubbio il grande bene di una mamma nei confronti della propria figlia."

Nel vivere questi colloqui ideali, la mente di Sarah si perdeva nei sogni attraverso i quali recuperava un po' di ottimismo ed energie mentali necessarie per non demordere e continuare a inseguire i suoi desideri.

Le riflessioni

La cima della montagna

La vita di una persona è un continuo risalire. Si nasce in un'area molto depressa, anche parecchi metri sotto il livello del mare. Non si ha nessuna consapevolezza di esistere e si procede per tentativi per autenticarsi e impossessarsi di un'identità.

Crescendo, si esplorano le aree limitrofe e non si ha nessuna cognizione sull'estensione del territorio; ci si trova in una sconfinata vallata.

S'immagina di poter andare ovunque. Ad ogni progetto di vita, ad ogni scelta, sottende la convinzione di un mondo senza confini.

Procedendo con gli anni e con l'esperienza delle sconfitte, si conosce l'amico dubbio.

La fatica ci fa notare i primi pendii e lo sguardo non ha la sua consueta traiettoria orizzontale. Abbiamo l'impressione di sollevarci lentamente dalla terra.

Accusiamo un distacco crescente dagli altri. Non ancora si capisce da che cosa dipende; se siamo noi che procediamo in una direzione diversa dal solito o se sono gli altri, rimasti fermi nella vallata.

Mentre l'incertezza rallenta il nostro passo, ci sentiamo più saggi e la parola "responsabilità" assume un significato più serio.

Gli anni cominciano ad apparirci più corti e allora che ci rendiamo conto che stiamo sulle falde di una montagna.

Percorrere il suo sentiero è più arduo!

Il corpo sembra accorgersene tutto ad un tratto!

Le pause diventano necessarie e ci ritroviamo spesso seduti ad ammirare l'orizzonte che ora appare chiaro e vicino.

Gli amici li sentiamo un po' più lontani e coloro che amiamo, vorremmo legarli a noi. Il tempo comincia a misurarsi in "quanto manca per" e intanto la cima della montagna si avvicina.

Solitari, e con tanto freddo nel cuore, siamo alti migliaia di metri dal suolo.

Siamo in un altro mondo, completamente diverso da quello dei figli e dei giovani.

La comunicazione, per l'aria rarefatta della montagna e per via della distanza notevole, ci sembra impossibile.

Portiamo molto oro con noi, ma non sappiamo a chi darlo. I giovani dimorano molto lontano da noi e non sanno riconoscerlo.

Per qualcuno di noi, i sensi si sono raffinati; riescono ad uscire temporaneamente dal proprio corpo e riescono sognare ad occhi aperti.

No! Non vi confondete con i sogni ad occhi aperti provati in gioventù! Quando ci si trova in prossimità della cima della montagna, si sogna ad occhi aperti perché non è possibile dormire. Sprecare il tempo per il sonno è uno sperpero incredibile del tempo vita. Manca una manciata d'anni o forse giorni ma il momento di ritrovarsi in cima prima o poi arriva.

Lì, ci si sta veramente soli è un punto irraggiungibile per la comunità. Perché di lì, si sale in paradiso uno per volta!

Letargo giovanile

Sospeso a un filo di pensieri, volteggio tra idee strane e indistinguibili. Cerco il viso di me stessa nella chiave di lettura del mistero che mi ospita. Volteggiandomi, vedo a corto raggio solo ombre.

Consolazione afferro, mentre vorrei riconoscere il buio per nascondere la pochezza alla consapevolezza e cercare la complicità nella fatica dell'insistenza.

Mi arrendo alla triste certezza, sapendo che non è un rimandare ma una rinuncia per sempre.

I miei poveri minuti corrono avanti alle promesse, distaccano le speranze e frenano soltanto alla voce di una testarda coscienza.

La baldanza di presumere un futuro infinito si scioglie come neve al sole cocente di una maturità inalienabile.

Domani sarà un altro giorno e io non sarò più la stessa di oggi.

Quel domani, certo soltanto nella speranza, porterà una sorpresa nello specchio.

Inesorabile, chiederà conto per quell'immobilità che oggi si chiama ozio e che domani sarà impossibilità.

Catturo ogni attimo di vita poiché il prossimo non sarà uguale.

Afferro ogni piccola opportunità vestendola col sorriso e celebrandola con la gioia di condividere.

Sperimento i sentimenti che soltanto da vivi hanno senso.

Battiamo con le emozioni questo corpo umano, nato per deperire e prova indiscutibile del più grande esperimento mai tentato nell'universo: disegnare un confine all'Amore.

Lettera aperta a Dio.

Caro Signore,
Forse non è proprio corretto farti giungere queste mie considerazioni, ma tenendo conto che tuo figlio è morto più di duemila anni orsono e poiché tu sei perfetto, queste mie parole non ti offenderanno.

Sono nata, cresciuta e istruita alla tua fede e ora che sono grandicella un po' di buona critica, concedimela.

Io faccio la maestra e sono abituata alla semplicità e ingenuità dei bambini con i quali gradualmente ho raffinato la mia sensibilità. Aggiungo che non mi sono mancate esperienze dolorose e quindi ho avuto modo di capire e poi assimilare molte realtà. Tutto ciò mi ha fatto capire che per poter giungere a trasmettere qualcosa di veramente buono è necessaria l'esperienza di vita unita a una gran dose di bontà d'animo.

All'età dei giochi mi hanno parlato di te, delle verità cristiane; mi hanno battezzata e di questo, non ho nessun ricordo; mi hanno fatto seguire corsi di catechesi per giungere alla prima comunione, poi la cresima e, come ultimo atto, il matrimonio.

Ti giuro che tutto è avvenuto in gran parte in modo passivo.
No, non voglio colpevolizzare i miei tutori e l'istituzione ecclesiale, voglio solo manifestare il mio imbarazzo in quanto protagonista non cosciente.

Non ti arrabbiare se punto il dito contro di te.
La mia convinzione è che per la tua infinita bontà lasci fare un po' troppo agli esseri umani.

Noi abbiamo fantasia e immaginiamo tante cose che forse mettono anche te in crisi.

Ammetti però di avere un piccolo vizietto; come quello tipico dei grandi nostri scienziati: la distrazione determinata dalla grande differenza di spessore d'intelligenza e d'amore.

Se vuoi parlare con noi devi sapere che la fede non sempre basta! Sei stato tu stesso a farcelo notare con San Tommaso.

Pretendi di spiegarci il paradiso come fa il gatto con il topo, che lo mangia per fargli capire la sua missione.

Non ti dico dei miracoli!
Perché t'inventi le malattie se poi ci giochi con i miracoli?

Non vado oltre per non mostrarmi arrabbiato e né apparire irrispettoso.

Non sono capace di immaginare l'oltre vita terrena senza di te, ma per dispetto, il giorno che mi vorrai con te potrei rifiutare il paradiso.
Mi siederò sul gradino davanti alla porta e protesterò per non aver avuto modo di conoscerti pienamente quando ne avevo bisogno.

Certamente in paradiso troverò tutto ciò di cui avrò bisogno, ma a che servirà?

Essere beato senza vita è un'ingiustizia verso coloro che, non per scelta, hanno trascorso la vita nella fame, nel dolore, nelle carceri, nella solitudine, nell'abbandono.
Se vorrai, allora, baratterò il mio paradiso con un congruo numero di miei sconosciuti amici sfortunati.

La tua Sarah.

Il suono dei sentimenti

POESIE

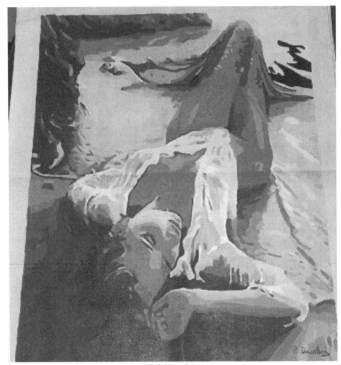

L'abbandono

Vaga il cuore
tra confini di stelle piangenti
tra onde di silenzi
tra paure senza cause

dal sentir dentro
nei solitari momenti di assenza e di ragione.

Vola sulle promesse d'amore
scritte con inchiostro trasparente con vili bugie
preludi di sottili dolori.

Vita dispersa, vita inutile.

Chiusa dentro

Non so quando i miei occhi si aprirono.

*Non so quando destatomi da un sogno senza inizio,
i miei occhi videro.*

*Vedevo e capivo di esistere,
come un fiore sorpreso
da una smagliante giornata di primavera
che tenta di girarsi con i suoi petali verso il sole.*

*Colui che dà calore e senso alla tenue e fugace esistenza del
piccolo fiore sbocciato nel mio cuore,
vuole ricordarmi continuamente come è bella la vita.*

Sarah – Il senso dell'abbandono -

L'attesa

Il sole sta s'adagia sull'orizzonte stanco,
c'è solo un giallo impallidito che parla soltanto ai romantici;
mentre gli alberi allungano ombre che annunciano la sera.

L'ultima foglia secca ha già lasciato il suo ramo
e ora riposa ingiallita sulla umida e fredda terra.
Silenziosa la mia anima
attende con ansia
che si accendano quei puntini luminosi sul manto nero.

Sarò nei sogni dove ci sarai tu
con le tue carezze e i tuoi baci, madre mia.

Tra le tue braccia sarò la più bella stella del firmamento
e avrai il potere di farmi sorridere
e continuare a credere nell'amore.

Sarah – Il senso dell'abbandono -

Il passato in una rete

Nel girar per questa vita
ho percorso strade solitarie e impervie
per giungere dove sono.

Ho accantonato i miei edifici crollati,
ho superato tempeste,
ho misurato inganni e delusioni.

Ora son sola,
corro senza una cometa che mi guidi,
inseguendo sogni.

Le mie ferite non sanguinano più,
ma il dolore è ancora dentro.

Non ho più lacrime che accompagnano i miei passi
e nella notte c'è soltanto una virgola nel cielo che mi sorride.

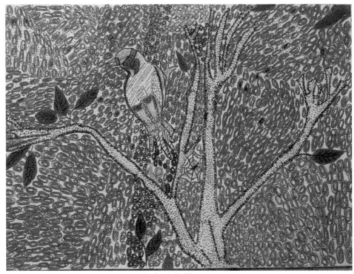

I colori dell'amore

Il tempo dell'apparir è lontano.
Le lotte del collezionar materia sono dissolte nel ricordo.
Silenzio e sollievo avvolge la mia anima.
Mi nutro di impalpabile e di sorrisi.
Indugio negli inviti del cuore.
Sorprendo me stessa nell'incanto.

Non più comando le emozioni.
Non più punisco il tremore della voce.
Lascio scorrere l'inopportuna lacrima che di me fa bambina.
Leggera mi solleva sugli inutili affanni,
sui meschini intendimenti,
sulle trame ingannatrici
sulla vana gloria.
Nascondo alle faticose alle parole,
alla durezza degli spavaldi,
alla superficialità degli insensibili,
un mondo di dolcezze disegnate con i colori più soffusi.

Mare calmo

Lo sguardo puntato lassù
Gli occhi ciechi, bloccati davanti all'invisibile
L'anima libera lanciata oltre l'immaginabile, porta con sé il cuore.

Miliardi di stelle spente,
orizzonti senza confini,
sono prati di battaglie perse.

Un incauto tremore mi coglie!
Brividi di solitudine increspano la pelle.
Accolgo in me il mistero della vita.

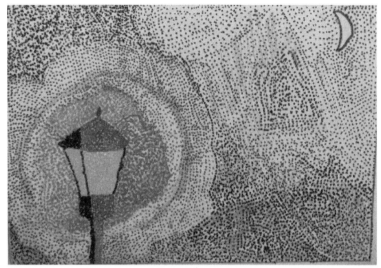

Luce nel cuore

Ho scelto il sorriso per nascondere il dolore,
per mascherare la solitudine.

Mi accompagna ancora il soffio al cuore
per quel abbandono.

L'incomprensione mi schiaffeggia.
Porto ancora i graffi lasciati dagli artigli di quelle feroci parole.

Ecco il mio conto:
Attese deluse
Amore tradito
Fiducia ingannata
Sincerità negata
Innocenza calpestata.

Ci potrà ancora essere luce nel mio cuore?

Ombre del passato

Respiro quell'attimo che mi attraversa.
Ogni cellula,
muta,
scompare dal suo esistere.

Soltanto onde d'energia
si muovono intorno alla mia consapevolezza.

Si dicono pensieri.
Agitano immagini
appese sui muri di un passato
e che ora sono ricordi.

Sono quadri in equilibrio instabile,
colorati con emozioni
sfumate dalle paure dell'età verde.

Idee inconsuete

Sono estranea ai ricordi di abbracci.
Una fredda nebbia avvolge i miei pensieri.

Timide idee inconsuete e sconosciute all'anima,
si riaffacciano nella mia mente.

Sono accompagnate da un'eco di parole sussurrate,
nella fretta della passione
dove si frantuma il confine del sentir vero.

Stringo i miei pugni
E attendo, lì dove abita il mistero
le mie risposte.

Sarah – Il senso dell'abbandono -

Il tempo dell'addio

Lentamente il pensiero prende forma
muove la mia ansia
a carezzar ricordi sfocati
per ritrovar riflessi d'amore.

Nel silenzio avanzo
con il mio sacco vuoto
e con il passo lento.

Porto con me uno specchio cieco
per i tanti pentimenti e inutili nostalgie.

Riverso parole nel mio otre colmo di speranze.

E' dunque finita l'illusione
di vivere quel sogno inseguito
adesso c'è solo il tempo dell'addio.

Il sogno

Ascolta questo anelito di vento
sospeso nell'aria che urla
la sua voglia di spazio libero,
è il mio respiro
che sorride alla tristezza
lasciando passare
ogni singolo rumore dell'anima,
pezzi di cuore che cercano
nell'infinito spazio della vita
di vivere un sogno.

La mia storia

Nel raccontar di me stessa e della vita,
attenderei una notte serena di luna nuova.
In groppa al cavallo indomito della fantasia
salirei in alto nel cielo stellato.

Accolto da miliardi di occhi lucenti
mi riconoscerei pensiero.
Soltanto allora, con lo sguardo rivolto indietro,
capirei che non si può cancellare il cielo,
non si possono temere le emozioni,
non si può inseguire una gioia imprigionata.

Viaggio nel tempo

Antico silenzio occupa la mia mente.
Lontani ricorsi affiorano.
Flutti di emozioni dal gusto dimenticato,
invadono il mio spirito.
Grigie figure plasmano le scene di un film muto.

Attonita, distante dalle immagini che altri vedono, rimango.

Mi affaccio alla finestra dell'anima.
Vedo nebbia sul mio apparire.
Impalpabili occhi continuano a dirmi bambina.

Chino la testa al progetto divino,
prono a far di me mistero.

Serenità

Nello sfumar delle idee inutili trovo la mia serenità.

*Tento il risuonar della sensibilità
per scavar profondo il mio cuore.*

Abbandono passioni illusorie.

Libero emozioni ridenti.

Dimentico ogni toccar perché il pensiero mi solleva.

*Leggera, sorrido sulle cattiverie
perché il mio spirito non cede al sonno dell'amarezza.*

*Cancello ogni paura,
convinta che si perde solo ciò che si stringe.*

Sarah – Il senso dell'abbandono -

Capirsi

Ritrovo me stessa col fiato caldo a convincerti per le mie verità.
Illusa quanto ingenua, spendo furore per il mondo sordo.
Onde d'eco solitario si perdono,
spezzate sulle pareti di un cuore indurito.
Mesta m'avvio per strade solitarie,
dove attendere nuove leve.

La ragione rigira per pensieri insoliti
E in tanto fiume,
l'anima s'accheta nel bagnar di saggezza.

Il cuor ribelle per solitudine avversa,
muove battiti a corto passo.
Speranza vana di rinfrescar aria per antichi sospiri.
Ma son perle e non lacrime, che girano per il viso.
Da occhi celesti fuggirono
per cascar umide su spalle amiche
e poi morir d'Amor.

Dove sei mamma?

Canta cuor mio di musica allegra,
della mia mamma fanne melodia.
Giubilo per ogni via, l'aria infesti.
Respiro prospero amor preso.

Sol io, odo di clamori al vento dei ricordi infantili.
Sol io, agito gioia al tuo pensiero.
Sol io, riconosco il tuo sorriso.
Son figlia tua.

Anima, accendi tutti i colori dell'arcobaleno,
perché non c'è festa più grande d'approntare.

Sole, dipingi il giorno con tutto il tuo ardore.
Mare, dondola le meraviglie del creato.
Anche tu, timida lacrima,
corri allegra sulla mia guancia,
così che io possa risuonar di dolcezza il mondo.
Vento, spingi i desideri,
alimenta le speranze,
porta con te il mio bacio per lei.

Cuore prigioniero

Mute parole versano felicità ripiegate.
Incredulo, cuore mio sei eremita non per scelta.
Sbarre antiche, arredano la tua stanza.

Restio all'inutile evasione, attende che il sole sia alto.
Nel mentre,
respira aria gelida per misurar la primavera.
Ripassa i colori dell'arcobaleno per riscoprire gioia

Accarezza la speranza della vita nuova.

Sogna un mondo d'Amore.

Il sentiero della vita

Scendo per il sentiero senza origine.
Non conosco me stessa.
Imparo dai miei limiti.
Le paure mi frenano.

Nuvole minacciose,
or parole or tuoni or lampi,
contornano l'anima con una dura corteccia.

La mia linfa si perde alla vista del mio vicino.
Il mondo si sposta sul mio apparire.
Il tempo irrompe,
scuote l'antica quercia.

Complici le onde del mar incerto del sapere,
sobbalzano il cuore e toglie fiato ai timori.

Il grande nocchiero attraversa oceani e la solitudine è la sua ciurma.

Ormai, non si fida più dei suoi occhi,
né dà gusto all'ornamento.

Maestro il vento,
gli ha insegnato a volgere il viso per orizzonti lontani.

La tenera brezza è musica con note di emozioni.

I clamori della grande festa si odono.

Annunciano il senso del momento
che tra poco sarà ricordo.

Dolore e passione

*Ombre per idee sono armi nel mondo
e ritrovar ragione è arduo.*

*Sollevar il capo per dir lassù esisti,
vien spontaneo.*

*Troppo alta è questa scala,
se di passo in passo la fede mia sospinge.*

*Son poco e di contar mi stanca.
Sovviene per riposar le membra e ritrovare passione calda.
Il dolore desta il cuor all'umana prova.*

Sorgere un dì, l'anima spera.

*Voltar addietro la scena,
sarà dolce.*

*Sì che del più grande,
sarò parte.*

A spasso nei sogni

Muoversi laddove non si tocca, rende vano il dire.

Chiudo gli occhi per attraversar il vuoto.

Mille rivoli si scompigliano nella schiuma del pensare.

Dondolano ricordi appesi ad oggetti morti.

*Riportano l'animo nei vuoti dell'essere,
dove echeggiano sensazioni libere dalle forme.*

È' inutile inseguire la logica se il cuore comanda.

Il possibile e l'irreale passeggiano insieme per le sfere dei sogni.

Non importa l'utile o il valore.

Non importa il significato.

Tutto è immerso nel piacere di viverle.

Colgo impaurite le emozioni di una vita che la raccontano.

La mia casa

Attendo il calar del sole per entrare dentro di me.

Abbandono la ragion pratica e mi apro all'inutile.
Odo suoni che nessun orecchio ammette.

S'alzano sipari dove folletti son piaceri,
dove dell'impossibile mi faccio beffa.

Son sola ma non triste.

La mia anima muove confini,
attraversa muri e sorpassa credenze.

Nella mia casa abitano emozioni.
Voi non potete entrarci.

La bugia della vita.

Impotente a ciò che non si comanda,
l'anima s'attarda al giorno che nasce.

Adagiata nella monotonia che l'avvinghia, vede sé stessa.

Inesorabile, illumina le debolezze.
Riporta alla consapevolezza il dì or trascorso.

Come il frastuono di un treno in corsa
sferza l'orecchio per l'urlo della rotaia in pena,
così l'anima anela per l'oggi come ieri,
per la calma del vento nuovo.

Il pensiero ancor vaga per le vacillanti certezze.

Lo spirito non ha disfatto le valigie.

Il cuore batte imperterrito,
aspetta di scoprire la bugia della vita.

Tra ricordo e speranza

*Oscilla l'umore tra le alture del non senso e l'illusione di una
meta.
Come un pendolo.*

*Costretta a invertire continuamente la direzione.
Or allegra nel brio della velocità,
or muta nella pausa della riflessione,
solitaria,
oscillo su quell'arco risibilmente libero.*

*La massa pende verso il basso dei limiti,
inchiodata ad un centro di gravità lontano.*

*Svuoto la mente nell'anima
per guardare i pensieri fermi.*

*Trovo immagini scomposte e parole sparse,
come foglie d'autunno ai piedi dell'albero della vita.*

*Forse sono ricordi.
Tocco il cuore per vibrar emozioni
e altre immagini si ravvivano.*

*Mentre i pensieri si muovono,
tutto s'illumina di speranza.*

L'ardore incendia l'anima.

*Il pendolo corre in discesa,
porta con sé l'idea felice.*

Il pianeta dell'amore

M'incammino verso i confini dell'anima,
dove la ragion pratica non vede.

Raggiungo spazi estranei alle misure.

Qui, anche il tempo si smarrisce.

Non ci sono regole.
Non esistono leggi.
Non c'è giudizio.

Una pace sostituisce l'aria che si respira.
La gioia è l'essere in sé.
La saggezza si perde nel senso del sorriso.
Il confronto scompare nella pienezza dello spirito.
La presenza si sente come comunione.
Il bene è splendore.

Oltre quel confine or non vado.
Porto ancora i segni delle battaglie.

Indosso inutili corazze
e l'amore mi vuol leggera.

Attende che mi spogli.
Sul suo pianeta non esistono vestiti.

L'anima non può morire

Fisso l'immagine nel fumo del passato
e sollevar non posso il peso degli antichi ricordi.
Rivedo gioia in quel fresco sentore di pioggia,
che or nulla ripaga della cauta saggezza.
Scorre la scena della corsa senza fiato.
Viso al cielo,
gocce gravide di polline,
corrono tra le pieghe dei giovanili sorrisi.
Anche il respiro si fa greve alla festa dei gentili anni.

Eccomi steso sul prato,
abbraccio il sereno.

Il ruscello rumoreggia accanto,
racconta i miei ardori.

Le farfalle amano essere inseguite dai miei occhi,
vogliono che indovini il fiore su cui si poseranno.

Che dire di quelle impaurite lucertole!
Le vedo già correre tra i sassi assolati.

Al disincanto,
il profumo della primavera è ancor vivo.
Nella stretta dell'emozione
mi adagio nella parte più bella dell'anima
e addormento la ragione.

Credo che l'anima non possa morire.

Cuore grande

Al riposar del pensier vago,
lo spirito s'adagia.

Nuova linfa scorre tra gli ameni orizzonti della natura amica.

A così tanto splendore,
un'anima nuova s'accosta.

Riecheggia ancora
quella chiara e cortese voce.

Un cuore grande s'affaccia.

Alla silente anima ch'ella confina,
non sfugge l'ardor dell'onesto sentire.

Soffuso sentimento aleggia
al praticar l'amor prossimo.

Sfortunati bimbi son merce sua.

Dall'alba al tramonto,
tutto il mondo stringe.

Al brillar delle stelle
la timida luna argenta il suo volto.

Incauta,
osa sfiorar carezza a sì bassa quota.

Leggerezza dell'essere

L'antico pensare scende come neve
sui cuori solitari.

Imbianca il rosso,
allor vivo.

Non v'è peso
ai taciti ricordi,
agli stretti sospiri
a sogni segreti.

Leggerezza dell'essere
che dal dolore si solleva.

Ondeggia,
legata al filo dell'invisibile mortale.

Beltà risuona all'anima sensibile,
che voce non ha.

Altri mondi l'attendono.

Compagni di vita

Ti adoro per il tempo che fu,
per ameni colori,
per orizzonti confusi,
per speranze ostinate.

Dolce immagine stagnante nel cuor ancor fresco,
affretta l'ingenuo batter al bussar dei ricordi.

Traditrice quella lacrima,
che dimenticar bambina, recalcitra.

Occhi indulgenti, socchiudono palpebre malferme.

Dondola ancora sulla crespa pelle,
il vital tremore.

Scovar verbo, vorrebbe.

Ubbidiente al Dio che amor comanda,

tacita, sospiro.

Emozioni d'infinito m'aggrado.

Padrone del mondo

Desiderio che illude il cuor,
frugar tra ombre cala.

Vana gloria attende.

Or che son desto,

or che luce corre a misurar il passo all'oblio,

raccolgo sapori del maturar vita.

Assente al dimenar d'esistere,
son padrona di me stessa.

Colleziono gioie che di brillar si burlano.

Appendo ricordi che trillar emozioni non cessano.

Attendo il tempo senza fine,
'che d'Amor tutto prende.

M'è dolce respirar pel mondo
che di colori dona,
che di serenità infonde.

Che d'esistere
M'impregna.

Un tuffo nel passato

Giorni lontani,
piccoli nella galleria del tempo,
trovano spazio nella memoria incerta.

Consegnano ricordi alla mente saggia,
che nulla può al decretare del suo giudizio postumo.

Sospesi nell'aria del pensiero,
la nostalgia raccoglie i dettagli.

Ingenua, vuole consegnarli al cuore.

Quel pugno rosso,
bambina per sempre,
capace di fermare il tempo e inchiodare lo sguardo.

Intanto, bloccati nel passato,
si rivivono scene di altro sapore.

Nel mentre del pensiero duraturo,
qualche brivido fugge sotto le serie vesti.

Una lacrima si trattiene tra le sbarre delle ciglia
e inumidendo gli occhi,
chiede conto alla ragione.

Muta, per causa non sua,
attende che l'attimo si consumi.

Perdere Dio.

Oggi il sole è alto,
e tu non puoi vederlo.

Triste,
impotente,
rivolgo il pensiero Colui che è essenza dell'esistere.

Con l'animo furioso e il cuore caldo,
corro senza respiro per il Suo creato.

Voglio disperdere i miei dubbi.
Voglio stancare la mente.

Non farò soste.
Non temo l'infinito.

Porto con me la tua dolcezza,
il germoglio più tenero del tuo amore.

Cerco e voglio il mio Dio!

Per consegnare il mio peso,
e insieme, donerò tutta me stessa,
sì che la mia supplica abbia il senso ultimo.

Se non dovessi incontrarlo,
piangerò con la mia illusione l'essere sola.

Non potrò fare altro,
e la mia carezza sarà tutto ciò che potrò donare,
poiché il mio cuore è già tuo.

Indice

Printed in Poland
by Amazon Fulfillment
Poland Sp. z o.o., Wrocław

63719225R00092